송수진 에세이

＊

다시, '나'의 삶으로

다시, '나'의 삶으로

송수진 지음

모아북스
MOABOOKS

늦었지만,

이제라도

나를

응원하고 싶습니다.

시작하는 마음이

행복의 시작이고,

감사는

기쁨을 부릅니다.

내게 온 어떤 삶도
튕겨내지 않겠다는
마음을 지닙니다.
그런 마음이
나를 사랑하는 삶으로
나아가게 하리라 믿습니다.
그러지 못한 지난 삶을 보듬고
'나'를 토닥여 봅니다.

인간은
나약한 존재여서
외로움만으로도
꺾일 수 있습니다.
누군가가
울고 있다면
제발 내게
관심을
가져달라는
하소연입니다.
싸움을 걸어오는 것
역시
우는 것의
다른 표현일 겁니다.

겨울이 있어서
봄을 기다리는 설렘을
누릴 수 있습니다.

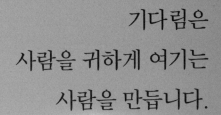

기다림은
사람을 귀하게 여기는
사람을 만듭니다.

지혜의 작가
레프 톨스토이의 말을
가슴에 새겨봅니다.
"모두 세상은
변화해야 한다고
생각하지만
정작 스스로
변화하는 사람은 없다."
변화는 거창한 말이 아니라
작은 실천으로 이어집니다.

출발

이제 다시 시작입니다!

*

　직장 생활 38년 동안의 경험과 추억을 정리해 보았습니다. 인도 철학자 지두 크리슈나무르티가 했던 "삶은 미스터리다. 그 미스터리는 각자가 발견해야 한다"라는 말에 자극을 받아서였습니다. 끝없이 배웠지만, 배우는 행위 자체에만 매몰되어 있어 정작 배운 것이 무엇인지 모른다는 것이 바로 나의 미스터리였습니다. 레프 톨스토이는 《인생독본》에서 "기억이 아니라 사색으로 얻은 것만이 진정한 지식이다"라고 했습니다. 배운 것을 사색하는 성찰로 나아가지 못하면 배웠다고 말할 수 없는 것이었습니다.

　"읽은 책을 통해 내가 성찰되었나?"
　"미술작품을 보며 어떤 통찰이 있었지?"
　"가르치는 시간 동안 내가 배운 것은 뭐지?"

"배움이 나의 삶에 어떻게 반영되고 있지?"
"일은 나에게 있어 어떤 의미지?"

스스로를 설득하는 과정이 포함되어야 비로소 배웠다고 하기로 합니다. 내면에서 울림이 날 때를 '성찰'이라 부르기로 합니다. 연구자와 학습자, 둘이 대화를 위해 내 안에 존재합니다. 둘의 소통 후에야 배움이 안착함을 느꼈습니다.

영성 지도자인 애덤 S. 맥휴는 "경청은 사랑의 기술"이라 했습니다. 자신의 내면 소리를 듣는 것, 또한 상대의 내면 언어를 들을 수 있어야 나와 타인을 사랑하는 것이라고 읽혔습니다.

《마음의 전문가는 필요 없다》의 저자 오자와 마키코는 "상담이 진정한 자아를 발견하게 해준다"라고 했습니다. 상담은, 공감을 넘어 자아를 만나게 해주는 단계까지여야 합니다. 나를 이해하고 발견하기 위해 나 자신과의 시간이 필요했고 그 방법은 글쓰기였습니다.

《이젠, 책 쓰기다》의 저자 조영석은 "미친 듯이 책을 써야 성공한다"라고 외쳤습니다. 그러나 나는 성공을 위해 쓰는 것보다, 나 자신을 호기심 가득한 눈으로 바라보기 위한 기회로서의 쓰기에 집중했습니다. 내면이 소중한 것들로 충만해지길 기대하면서 말입니다.

글쓰기는 나 자신을 가르치는 최고의 작업이었습니다. 묻혀 있던 생각을 꺼내 살아 있다는 생명을 느끼는 일이었으며, 걸어가고 싶은 새 길을 발견하는 즐거운 시간이기도 했습니다. 그 누구보다 나 자신을 잘 데리고 살아보려는 격려의 작업이었습니다.

송수진 씀

차례

3장

●

카르페 디엠,
오늘을
즐기라

메멘토 모리,
죽음을 기억하고

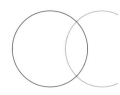

두 갈래의 길 중
진짜 길은
어느 길일까?

●

두 갈래 길 중 하나로만 가야 하는 것이 인생이다. 누군가는 길이 안 보인다고 말하지만, 항상 우리 앞에는 두 갈래 길이 놓여 있다.

주말이 끝날 때쯤이면 직장에 가지 않는 사람들을 동경하곤 했다. 그러나 그것도 잠시일 뿐, 몸은 어느새 직장에 도착해 있는 나를 본다. 금요일과 월요일은 붙어 있다. 토요일과 일요일은 종잇장 같은 틈새뿐이라고 여겨지니 말이다.

월요일에 출근하지 않아도 된다면 내게 어떤 일이 일어날까? 읽기 싫어질 때까지 실컷 책을 읽겠지. 집 안 청소와 정리도 말끔하게 하겠지. 소박하고 가벼운 식사일지라도 오래오래 느긋하게 하겠지. 어쩌면, 방만한 자유로움에 텔레비전 앞에 하루를 몽땅 넋 빠져 보낼지도 모른다. 사놓고 서가에 모셔 둔 책《우사기의 일본 가정식 한 그릇》을 펼쳐 놓고, 장보기 메뉴도 고르겠지. 한 그릇을 설명대로 만든 다음 사진을 찍어 포스팅도 하지 않을까?

애견 단풍이를 미용 도구로 미용해 주며, 미용실에 가지 않아서 아낀 절약에 흐뭇해하겠지. 한가한 시간을 틈타 길게 걸어 다닐 수 있는 대형마트에도 다녀오겠지. 족히 4시간 정도는 걸릴 테지만 오랫동안 가보지 못한 대전 언니 집까지 드라이브도 하겠지. 동네 큰 서점에서 신간들의 차례를 훑어보다가 한 권쯤 들고 카페에 앉아 독서도 하겠지. 집 구석구석에 있는 묵은 물건들을 꺼내어 분리수거 작업도 하고 집안의 가구들을 이리저리 옮겨 놓고 새로운 분위기에 푹 빠지겠지.

직장에 가지 않고 살았으면 나는 만족했을까? 내가 가보지 못했던 길의 이야기들은 어째서 상상 속 이야기가 되고 마는 것일까? 나의 몸이 있는 곳의 이야기만이 진실인 것일까? 나의 상상은 진실이 아닐까? 책을 읽다가 책이 그려놓은 그림 속으로 내 생각이 들어가게 될 때 왜 행복해했던 것일까? 실상이 아니라 허상임에도 어찌하여 뭔가가 즐거웠던 것일까?

못 가본 길도 실은 갔기 때문이다. 책, 영화, 그림, 음악은 모두 나를 상상 속으로 데려가는 문고리다. 심지어 결코 내가 해볼 수 없는 일까지도 경험하게 해준다. 어째서 그것들은 모두 내가 두 발로 가지 못한 길에만 있는 거냐는 말은 잠시 내려놓자.

가지 않은 길에 대한 미련이 어딘가에 있었다. 그렇더라도 내가 간 것은 아니지만, 그래도 간 곳은 너무도 많다. 현실의 삶을 살아냄으로써 갈 수 있는 길과 남의 삶을 들여다봄으로써 갈 수 있는 길이 마음에 공존한다. 다른 길에 대한 미련을 말끔히 내려놓고 이제 그냥 살아도 되겠다. 내 앞에 놓인 양 갈래 길 중 현실은 운명의 길이고, 상상은 자기 주도의 길이라고 구분해도 좋겠다. 간 길과 가지 않은 길이 모이는 곳에서의 존재함을 풍성히 누릴 수만 있다면 족하다.

결국, 양 갈래 길을 모두 가고 있었다. 현실의 길이 지칠 때는 입과 눈을 감고 상상의 길을 걸었고 상상의 길을 실컷 걷다 지치면 다시 현실의 길을 그리워했다. 내가 가지 않은 길은 있어도 가지 못할 길은 없다. 현실의 길과 상상의 길은 나뉘었을 뿐 종종 한 갈래로 흐르는 평행한 기찻길이다. 교차했다가 나뉘고 다시 만나며 나아가는 길이다.

선택은 어렵지만, 어떤 선택이든 우리 인생은 그 짧은

순간에 바뀐다. 글쓰기를 통해서도 무궁무진한 상상을 할 수 있다. 그 선택을 통해 내가 몰랐던 성격을 발견할 수도 있다. 그렇다, 남을 의식하는 대신 목소리를 경청하며 그 선택과 그 결과로 변화하는 인생을 써보는 것이다. 때론 발로 걸으며 살고, 때론 눈을 감고 하늘을 살아보기다. 이런저런 길이 만나는 곳에서는 잠시 멈추고, 가지 못한 길은 언제든 갈 수 있는 마음에 부탁하기다. 마치 레몬즙 마시는 상상만 해도 눈이 찌푸려지는 현상처럼 두 갈래의 삶은 어느 것이 진짜라고 말하기 쉽지 않다.

기대하지
않으면
어떨까?

'가화만사성'이라는 말은 가정의 중요성을 대변한다. 세상 모든 사람은 가족이라는 출발선에서 다양한 인생의 방향으로 뻗으며 제각각인 듯 닮은 꼴 가족인 듯 살아간다.

결혼하기 전에 양가 상견례를 한다거나 양쪽 부모에게 인사드리는 풍습이 있다. 한 사람의 뒤에서 음양으로 영향을 미쳤을 가족들의 모습에서 배우자의 됨됨을 짐작해 보기 위함이다. 위대한 인물에 영향을 미친 사람은 대부분 가족 중 한 사람이다. 어릴 때 부모와의 애착 관계가 형성되지 못하면 나중에 부정적인 행동을 하게 되는 경우도 많으니, 가족은 보이지 않게 작용하는 큰손인 셈이다.

동물은 태어나자마자 잠시 후에 걸을 수 있지만 사람은 태어나면서 긴 시간 동안 보살핌을 받아야 한다. 조물주가 특별히 배려한 시간일지도 모른다. 아이를 사랑하는 마음을 훈련하는 시기로 말이다. "부모가 아이를 잘 사랑해 주었으면 사랑으로 인해 긍정적인 아이로 자라고, 잘 못 해주었으면 결핍으로 인해 부정적인 아이로 자라게 된다"는 말이 일리가 있어 보인다. 조물주가 만든 이 시험대를 잘 통과한 부모만이 얻는 그 무엇이 있다.

2023년 10월 현재 한국의 이혼 건수는 7,916건인데, 전년 동월 대비 450건(6.0%)이 증가했다(통계청). 삶의 기본인 가정이 이혼으로 인해 점점 해체되고 있다. 가족끼리 사건과 사고를 일으키는 뉴스도 종종 본다. 예전 일이긴 하지만 부부 싸움 후 남편이 자살한 사건이 발생하기도 했다. 한 사람의 행동에 가장 간섭을 많이 하게 되는 사람도 가족일 경우가 많다.

고양이를 풀어놓아 기르고 싶어 하는 딸과 털이 날린다며 베란다에 격리해 놓은 남편이 다툰 적도 있다. 이해가 되면서도 또한 양보가 잘 안 되는 게 가족이다. 둘의 다툼을 지켜보는 나는 순간 외딴섬이 된다. 오랜만에 집에 와 있는 딸이 어쩌면 내일 당장 가버릴 것만 같기도 하고 다시는 안 올지도 모른다는 생각까지 스멀거려서 딸 편도 남편 편도 들수가 없었다. 나중에 분명히 후회할 남편이 상상되니 남편도 안됐다. 가족은 서로 사랑하면서도 서로를 가장 아프게 하는 고슴도치 사랑을 한다. 가시에 찔려 아파하면서도 그 것을 잊어버리고 다시 또 싸우며 계속 상처받으며 산다. 사 랑하는 사람으로부터 인정받고 싶음이 커서 조그만 일에도 가시를 세워 달려든다. 사랑을 표현하는 방법이 서툴기 때 문이다. 교육받을 기회가 없었기 때문이리라. 서로가 찔러 댄 가시의 상처를 남몰래 간직했으면서도 왠지 가족의 연대 는 쉽게 깨어지지 않기도 한다.

다툼은 마음과 몸과 영혼에 생긴 자신도 모르는 통증 때 문에 돋구어진 가시를 가까운 가족에게 펼치며 힘들다고 사 랑해달라고 하소연하는 방식이다. 싸움을 걸어올수록 상대 가시의 이면에 미리 있던 감정을 먼저 헤아려 보려는 마음 을 가져 본 적이 적다. 헤아리려는 마음보다 섭섭함이 큰 산 이 되어 모든 것을 가려버린다.

딸은 무엇으로 마음이 아팠던 것일까. 남편은 또 무엇으 로 풀리지 않는 마음이었던 것일까. 조용히 눈을 감고 두 사 람의 마음을 치유해달라고 하늘 향해 두 손 모아 침묵하며 끼어들 수 없는 팽팽한 공간에 이방인처럼 낯설게 조용히 존재하곤 한다.

큰일에는 대범하고 소소한 일에 목숨 걸듯 앙앙거리는 가족에게서 지양점과 지향점을 배운다. 작은 일이든 큰일이든 서로에게 상처가 됨은 지양점이고 추억이 됨은 지향점이다. 부모가 큰 것을 자식에게 주었다고 할지라도 사소한 말한마디 함부로 던지면 그로 인해 상처 입은 마음은 큰 것을 가리고도 남을 만큼 충분하다.

고슴도치 아내로서 남편에게 미안하고, 고슴도치 엄마로서 아이들에게도 미안하다. 찌르는 줄도 모르게 건드렸던 적은 얼마나 많았을까? '미안하다' 라는 말이 대일밴드가 되고 후시딘이 되어 그동안 생긴 작은 상처마다 새살이 예쁘게 돋아나면 참 좋겠다. 미안하다는 짧은 한마디가 왜 그렇게 힘든지, '지는 것이 이기는 것' 이란 말은 이럴 때 떠올렸어야 했다.

내가 받은 숱한 상처들은 어떻게 해야 하나? 스스로 약을 발라야겠다. 이해의 밴드와 용서의 후시딘으로 자가 치유하는 거다. 미워하고 섭섭하고 화나는 마음을 비우면 평안이라는 안식이 찾아든다는 명상으로 도피하면 될까? 하지만, 또 다른 말로 '참아야지' 라는 말이기 때문에 건강한 생각은 아닌 것도 같다.

가장 쉬운 사람들에게 너무 쉽게 아무 말이나 하는, 그래서 상처만 남기는 권위는 폭력이다. 자녀의 권위, 부모의 권위, 부부의 권위는 고슴도치 권위가 될 때가 많다는 것은 가장 접촉이 잦다는 말도 된다. 있을 때 잘하라는 말은 가족에게 참 필요하다. 가정은 수직적 권위 말고 수평적 사랑으로 가득 찬 곳이어야 한다. 아니면 수평적 권위도 좋다. 못해줘서 후회 들 때 얼마나 가슴이 미어지던가!

아무 말이나 하면 다 받아줄 것 같지만 턱턱 그물에 걸리는 곳, 가정. 엄마가 아니라 어머니로 어떤 자세를 갖춰야 하나? 그물에 걸려 있을 땐 밖에서 입은 말 못 할 상처로 인해 아픈 환자라 생각하기로 한다. 누군가가 화내면 그것은 분노가 아니라 찔린 곳이 또 찔려서 정말 아프기 때문이라며 측은지심을 끌어내기로 한다. 화냄 너머의 상처부터 보려는 가족 주치의로 변신하기로 한다.

서로가 만만해서 종종 상처가 나는 곳, 그러니 서로서로 이래저래 미안해야 하는 곳이 가정이다. 사고는 장난으로 시작될 때도 많다는데 별것 아닌 일로 3도 화상을 입는 곳이기도 하다. 고슴도치들이 사는 곳이라서 아픔은 당연하다고 여기면 예방책이 될까? 찌르는 줄 모르고 찌르고, 찔려야 서로를 비로소 알아가며 단단해지는 곳, 가정은 언제나 사랑하고 행복해야만 한다는 기대치를 버리기로 한다. 기대치를 다른 말로 욕심이라고 바꿔 본다. 욕심만큼 가시에 찔리는 것이었다고 내 삶을 계산해 본다. 뭔지 모르게 덜 억울하고 덜 아프다. 희생 없이는 사랑도 없는 법이다.

봄은
어디서
올까?

●

봄은 겨울보다 따스해서인지 지천에 갖가지 꽃들을 피워낸다. 인생의 봄도 그렇지 않은가. 겨울 같은 마음의 통증이 사라지는 그날이 인생의 봄날이다. 봄처럼 마음이 따스해질 때 비로소 꽃피듯 웃음이 피어나는 법이다.

꽁꽁 언 마음은 따스한 무언가의 온기를 만나야 녹을 수 있다. 겨울이지만 태양이 가까이 찾아오는 시간이 필요한 순간이다. 겨울이 지나면 어김없이 찾아오는 봄은 기다리면 온다는 마음의 믿음까지 덤으로 준다. 다른 듯 같은 것은 자연의 봄과 인생의 봄이다.

봄은 시간만 흐르면 주기적으로 찾아오지만, 인생의 봄은 좀처럼 오지 않아서 당혹스러울 때가 많다. 굳은 마음이 녹는 시기를 도무지 예측할 수 없다. 가만히 기다려보아도 마음의 해빙이 찾아오는 일은 드물다. 어느 날 갑자기 오거나 또는 오랜 기다림 후에도 영영 안 오기도 한다. 기다림이 길어지면 몸까지 마음 따라 오그라드는 게 인생의 겨울이다. 봄이 오지 않는 만큼 절망의 시간은 길다.

그런데도 계절의 봄을 기다렸듯 인생의 봄도 기다리며 살아야 겨울 같은 마음을 견딜 수 있다. 어쩌면 기다려도 오지 않을 수 있지만, 스피노자의 명언 "내일 지구의 종말이 온다고 할지라도 나는 한 그루의 사과나무를 심겠노라"를 답안지로 삼아야겠다.

때론 느닷없이 생각지도 않게 선물처럼 찾아오기도 한다. 이럴 때 계절의 봄은 스릴이 없지만 인생의 봄은 스릴까지 덤이다. 먼 곳에서 온다는 사랑하는 자식을 기다리는 애틋함을 견딘 대가같은 거다. 그 마음의 통증은 기다림의 지루함을 견디게 해 준 자동차의 엔진과 같다.

겨울을 미워할 것이 아니라 봄 때문에 겨울도 함께 사랑해야 한다. 아니, 겨울이 있어서 봄이라는 꿈을 기다리는 기쁨이 있는 것이 아닐까. 기다림은 사람을 귀하게 여기는 사람을 만든다. 봄이 올 때까지 견디는 힘은 또 다른 겨울을 이겨낼 수 있는 자원이 된다.

어쩌면 인생의 사계절은 마음먹기에 따라 온통 봄이다. 한 계절에 머무는 법이 없어서, 하루가, 한 달이, 일 년이 사계절이다. 기다리고 보내며 다시 맞이할 뿐이다. 근심이 가득할 땐 평안을 기다리고, 평안을 보내며 다시 고통을 맞이하는 것일 뿐이라고 과감히 선을 그으며 담담해 보기다.

호들갑 없이 봄을 맞이하고 두려움 없이 봄을 보내며 사는 것이 지혜로운 인생이다. 비 온 뒤 땅이 굳듯 인생의 겨울이 지난 후에야 비로소 삶의 연륜이 깊어지는 법이니, 아픔만큼 성숙해지니 수고로움을 오히려 환영해야겠다. 내게 주어진 겨울 같은 삶도 봄 같은 삶도 결국 내가 공평하게 보듬고 사랑해야 할 다섯 손가락이다.

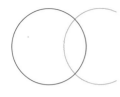

어떻게
마음의 균형을
잡을까?

●

'메멘토 모리' 라는 친숙한 말이 이어령의 《마지막 수업》
에 등장한다. 사람들이 일상에서 가장 쉽게 잊어버리는 중요
한 것이 '죽음' 이라며, 팬데믹 상황이 생명의 소중함과 '오늘
있는 사람이 내일 없을 수 있다' 는 사실을 다시 한번 깨닫게
해주었다고 말한다. 사랑하는 사람을 잃는 것은 슬픈 일이
며, 가슴을 후벼 파는 아픔을 준다. 경험과 가치관에 따라 슬
픔의 원인은 다르겠지만, 사별은 큰 슬픔이다.

십여 년 전, 마음에 드리운 어두움이 무거웠던 적이 있
었다. 출근하는 것도, 퇴근하는 것도 무의미하게 느껴졌다.
다행히 동네와 가까운 공원과 바다가 있어 맘을 달래긴 했
지만 말이다. 우울감이 심해지는 날에는 퇴근 후 공원 묘원
을 찾았다. 슬픔, 절망, 허무감, 무력감 등은 일상생활에서
나타나는 정상적인 감정들이지만, 지속될 경우 우울증이 될
수도 있기에 가벼운 일은 아니다.

사람들과의 관계도 힘들고, 자아존중감도 떨어지고, 일상에 대한 즐거움마저 잃어버렸던 그때, 사람의 발길이 닿지 않는 곳, 사람의 목소리가 들리지 않는 곳, 공원 묘원에서 마음을 추스르고 평안을 찾았다. 아무도 없는 곳에 오래된 꽃들이 색 바랜 채 꽂혀 있지만, 혼자 묘비들 사이를 오랫동안 걸을 수 있을 만큼 나는 그들과 동일체였다.

　묘비명에는 동갑내기도 있었고, 아직 열 살도 안 된 묘비도 보였다.
　"왜 이렇게 일찍 여기 있는 거니? 만약 계속 살았다면 어떻게 살고 있었을까?"
　내게 물었다. 죽음이 나에게도 일어날 일이란 것을 조용히 스며들게 해주었다. 바다를 찾아갈 때도 있었다. 바다도 나를 위로해 주었다. '나만큼 눈물이 많고 슬프냐?', '나하고 운명을 바꿀래?' 라고 말하며, 숨을 쉬고 감정을 느낄 수 있는 것이 행운임을 왜 모르냐고 탄식해 주었다. 내 우울감이 오히려 삶은 좋은 기회라고 가르쳐 준 것이다.

　자신의 연민에 빠질 땐 죽음이 존재함을 떠올리는 것이 우울에서 벗어나는 힘이다. 라틴어 '메멘토 모리' 는 '죽음을 기억하라' 라는 의미인데, 삶의 유한함을 상기시켜 준다. 그 당시에도 삶과 죽음에 대한 고민이 있었을 것이다. 언젠가는 죽음을 마주해야 한다는 사실을 인식하면 삶을 좀 더 사랑하게 된다고 알리고 싶었으리라.

마음과 영혼이 어려운 상황에 빠질 땐 '메멘토 모리' 하리라. 마음이 흔들릴 때는 죽음 앞에 나를 데려다 놓고 균형을 찾으리라. '졸업은 시작' 이라는 말처럼 '죽음은 삶' 이다.

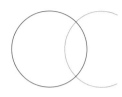

이별은
왜 끝이면서
시작일까?

●

장례식은 수고하고 애쓴 인간의 생명이 지상과 이별하는 순간을 기리는 의미가 있는 행사이다. 친구, 가족, 혹은 어떤 방식으로든 연결된 사람들이 모여 고인의 안식을 기원하며, 삶을 되돌아보고, 이별을 받아들이는 시간이다. 남은 자들에게는 죽음에 대한 두려움과 자신의 삶을 돌아보고, 앞으로 어떻게 살아가야 할지를 고민해 보게 한다.

살아 있는 사람과의 이별도 충분히 마음이 아프지만 사별에 비할 바 아니다. 특히 자식이 먼저 세상을 떠나는 경우, 부모는 품에 묻고 그 무거움을 오직 견딜 뿐이다. 만져보고 싶은 그리움이 간절하더라도, 끝내 느낄 수 없다는 무지막지함은 설명할 수 없는 비통함이다. "장례식 없는 이별은 마치 완결되지 않은 문장처럼 물음표로 남는다"라는 말이 있다. 장례식이라는 절차가 사별을 돕는 중요한 시간이며, 고통을 고통으로 인지하며 또한 받아들이는 여지가 필요하다는 말이다. 장례식이 없다면, 남은 자들의 마음에 물음표로 남아 고통이 된다.

어머니의 장례식 날은 아름다웠다. 가랑비보다 가느다란 안개비 사이로 햇빛이 살짝 비치는 날이었다. 차가운 이별임에도 아주 따뜻했고, 동시에 매우 아팠다. 바람에 흩날리는 벚꽃이 사뿐히 내려앉았는데, 마치 하늘나라에서 내려오는 문상객들 같았다. 3년간의 요양 끝에 영원히 지상을 떠나시던 날, 마치 다하지 못한 사랑을 뿌리는 어머니의 마지막 고운 손길이었다.

무척이나 밝고 화사했던 하늘, 그만큼 밝게 헤어지려고 애쓰다 보니 더 아련해졌다. 어머니가 입원하시는 동안 이별을 준비했던 시간은 어려웠지만, 그래도 어머니와 손을 잡을 수 있었던 보석 같은 시간이었음에 감사했다.

그날, 빈소에 앉아 있는데, 저 멀리서 새벽을 열며 걸어오는 한 사람이 있었다. 직장 동료였다. 마치 큰 바위 얼굴 같았다. 망연자실한 상주들에게는 작은 발걸음, 등을 두드려주는 토닥임, 스치는 듯한 애도의 말 한마디도 큰 위로가 되는 법이다. 성큼성큼 들어오는 모습이 마치 "슬프지요. 저도 슬픕니다"라고 말하는 듯하여 슬픔이 잠시 가벼워지는 듯하면서도 눈물을 좀 더 흘릴 수 있게 해주었다.

인간은 하나됨을 느끼는 날이 필요하다. 붉은 악마의 응원으로 하나가 되면서 큰 힘을 얻었듯 나 혼자만 겪는 슬픔이 아님을 알고, 시간이 한정된 인간임을 느끼게 해주는 장례식은 잊었던 힘을 준다. 지상과 영원 사이에 놓인 오작교, 슬픔과 온기가 동시에 일어나는 따뜻한 날이다. 천상의 손과 지상의 손이 연결되는 날이다. 땅에서의 삶이 파란만장한 여행이었다면, 하늘에서는 꽃길 여행이 될 것이라는 믿음을 기원하는 시간이다.

마지막으로 드린 인사는 "천국에서 또 만나요, 엄마"였다. 언젠가 나도 받고 싶은 말이다. 사람들의 삶은 다양하지만, 태어남과 죽음은 공통이다. 하나의 문이 닫히면 하나의 문이 열린다고 했던가. 죽음이 없다면 삶은 진정 괜찮을까? 죽음이 없으면 삶의 소중함도 모를 것이다. 손바닥의 앞뒤처럼, 죽음과 삶은 하나다. 끝과 시작이라는 이름의 가장 숭고한 예술품이다.

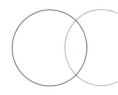

유언은
언제 하는 것이
좋을까?

●

동네에 새로운 대형 서점이 생겼다. 책을 열정적으로 좋아하는 사람들에게 이곳은 꿈같은 공간이 되어 줄 것 같다. 서점을 들어가니 먼저 눈에 띄는 것은 장영희 교수님의 에세이였다. 이미 그분에 대해 알고 있던 나는 에세이의 제목 '내 생애 단 한 번'에서 마음이 무거워졌다. 이 세상을 떠나기 전에 어떤 말을 남기고 싶으셨던 것일까? 또한 그 마지막 한마디가 무엇이면 좋을지 도움도 받고 싶었다.

이 책에는 저자가 소중히 간직했던 위인들의 유언이 담겨 있었다. 그들의 마지막 한마디를 자신의 것으로 만들고 싶다고 쓰여 있었는데 마지막 부분에서는 "이 세상에 남기는 마지막 한마디보다 평상시에 말을 잘하고 살자"는 제안으로 마무리되어 있었다. 처음에는 내용이 술술 읽혔다. 그러다가 점점 여운이 일기 시작하였다. 책에는 그런 말이 없었지만, 죽음 이후의 세상은 어떠한 방법으로도 바꿀 수 없다는 사실을 상기시켜 주었다. 그런 생각과 함께 살아간다면, 살아가는 동안의 말들은 유언이 될 것이고, 허튼 말들은 아닐 테니 의미 있는 삶을 살아가는 방법이 되겠다는 생각이 들었다.

책은 독자에게 여운을 준다. 작가의 생각을 따라가다가 여기저기에서 열리는 문을 나서면 전혀 새로운 세계가 펼쳐지는 것을 경험하게 한다. 그 신선함을 느끼고파 책을 읽는 것이 아니겠는가. '아하, 이게 바로 그거구나!' 라는 놀라움을, 이 책에서 느꼈다.

어떤 말을 하며 앞으로 살아볼까? 나에게 힘이 되었던 말이, 남들에게도 힘이 될 것이다.
"잘하고 있어. 나보다 훨씬 나아."
이런 말은 어떨까?
"이야, 점점 좋아지고 있네."
이 말도 괜찮을 것 같다.
"나중에 천국에서 다시 만나자."
이 말도 나쁘지 않다.
"덕분에 할 수 있었어. 고마워."
그렇구나. 말에는 마음이 담기기에 마음을 나누어야 서

로에게 힘이 된다는 거구나. 이런저런 생각을 하다 보니, 마지막 한마디만 할 것이 아니라, 좋은 말이라면 자주 하고 살아야겠다는 생각이 들었다. '돈을 물 쓰듯' 이라는 표현을 '좋은 말을 실컷 하다가' 로 바꾸고, 생애 마지막 날에는 "이제 그만해도 충분해"로 딱 마무리해도 참 좋겠다.

인생에 도움 되는 깨달음을 준다면 책은 이 세상에 남기는 작가들의 유언이다. 매일매일 유언을 쓰는 것처럼 글을 쓰는 삶은 자신을 격려하는 일이며, 천국을 미리 맛보는 일이다. 내 글쓰기는 실력이 부족하고 거칠지라도 계속 되어야겠다. 죽음이라는 불가피한 순간을 맞이할 때까지 나의 유언을 먼저 나에게 들려주고 싶다.

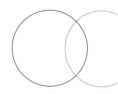

나부끼는
중년을 잡아주는
힘은?

●

학생 시절을 얼른 벗어나고 싶었다. 숙제하지 않아도 되고 돈을 마음대로 쓸 수 있을 것만 같았다. 아이가 없을 때는 아이를 낳아 성장시킨 사람들이 너무 부러웠다. 아이가 생기니 나의 시간 전부가 아이를 돌보는 일에 들어가 버리는 것이 아닌가. 그럭저럭 중년의 시기가 닥쳤다.

살다 보면 '안정'과 '평화' 같은 단어가 나를 기다릴 줄 알았다. 그런데 막연히 기대해 온 나의 그 앞날이 지금 왔건만 여전히 바람은 잦아들 줄 모른다. 또한 인생의 중심을 직장에 두고 살았으므로 지금쯤은 베테랑이었어야 맞는데 과연 그런가 말이다.

늘 새로운 수업 기법, 갈수록 요동치는 아이들, 세대 간의 불통으로 작아지는 자신을 느껴야 하는 등 언제나 사회 초년생이다. 배우다가 끝나버릴 것 같은 수많은 연수도 스트레스였다. 나부끼는 이 중년에 내가 할 수 있는 일이 무얼까? 어쩌면 어린 나에게 들려줄 이야기 하나쯤은 있지 않을까? 설령 남에게 들려줄 이야기가 있을지라도 멈춰야겠다. 그만큼 내가 의심되어서다.

중심에 심지가 곧은 나무가 또 하나의 나라면, 나부끼는 잎들은 어린 나다. 그 이야기 중심에는 '어린 나를 응원' 하는 주제를 꼭 넣고 싶다. 나부끼는 나에 대해 이야기 해주고 싶다. 아주 어릴 적 손수레에 발가락이 끼어서 수술한 적이 있다. 하마터면 발가락을 잘라야 한다는 의사의 말대로 될 뻔했다고 한다. 당시 여섯 살이었던 내가 "자르지 마세요"라고 울부짖었다고 했다. 발가락을 지킨 것을 잘했다고 나에게 몇 번이나 말해주었다.

남들은 춥다고 하는데 나 홀로 덥다고 우기는 시기를 지나고 있다. 밤에 자다가 뒤척임이 심해져서 잠이 부족하지만, 그렇다고 낮잠도 경계한다. 행여나 밤에 더 잠을 설칠까봐 두려워서다. 어린 내가 울부짖으며 지킨 발가락이 장했듯이 이 갱년 장애들도 그때처럼 잘 이겨내고 싶다.

예전보다 책을 덜 읽는다. 대신 몸을 움직이는 시간을

많이 늘렸다. 난데없이 운동을 매일 꼬박꼬박한다. 텔레비전을 볼 때도 걸으며 보거나 실내 자전거를 돌린다. 웬만한 거리에 있는 가게도 걸어가며 자신을 자랑스럽게 생각한다. 나름대로 고군분투한다.

거리를 걸을 때는 아무 생각이 안 난다. 차들과 사람들이 자유롭게 다니고 건널목도 많아서 조심한다. 한쪽 문이 닫히면 다른 쪽 문이 열린다더니, 적중했다. 책 대신 운동이 다가와 그 자리를 차지했으니까.

독서 바람도 맞기 시작했다. 예전에는 좋은 글귀가 있으면 필사에 만족했었다. 그러나 이제는 책의 이야기를 나의 삶으로 바꾸어 대입해 보며 글로 표현해 본다. 지난날의 독서법도 이와 같았다면 지금보다 나아지지 않았을까? 하지만, 늦어도 괜찮다. 이렇게 변화하는 나를 진심으로 응원해 주며 새로운 길에 익숙해지고 싶다.

당연시하던 것들도 비판의 눈으로 보기 시작했다. 무엇인가를 배운다며 시간과 몸과 물질을 투자하는 것이 과연 즐거운 삶인지 의심하는 것도 그중 하나다.
과연 그것이 의미 있는 인생일까?

배움이 현실에 활용되지 않으면 그저 환상일 뿐인데, 계속 배워야 하나?

몸으로 겪는 시간만이 진짜 삶이라면 지금까지 배움에 투자하여 얻은 것만 가지고 살아도 다 못 살 텐데, 끝없이 배움의 시간에 묶어 놓으려는 건 부질없는 욕심이다.

바람이 나를 흔들 때, 온몸에 힘이 빠지고 허무에 젖는다. 그 바람도 품고 사랑하며 살았더라면 어땠을까? 밝은 삶에만 열광하고, 어두운 삶에는 자책하며 고립시켰던 차별적 삶이 후회된다. 저쪽으로 나부끼면 그쪽 풍경을 사랑하고, 이쪽으로 나부끼면 이쪽 경치를 사랑하며 살았어야 했다. 수많은 날을 이미 그렇게 보내버렸다. 피하려고 애쓰는 데 힘을 들이지 말걸. 피하느라 얼마나 곤하고 지쳤던가. 늦지 않았다면, 지금부터라도 내 삶이 나부낄 때, 억지로 벗어나기 위해 기운 쓰지 말고, 반갑게 대해 주어야겠다. 해답 없는 문제가 많아 힘들었던 게 아니라, 정답이 아니라고 고집하는 것에 힘을 쓰고 있었다.

나부끼는 내 중년은 어린 내가 종종 내 삶에 등장하는 시기이다. 그 아이와 함께 발맞춰 나란히 즐겁게 가기로 한다. 큰 어깨 작은 어깨, 높이는 달라도 어른 나와 어린 내가 나란히 도란도란 주거니 받거니, 사는 거다. 어쩌면 나부끼는 중년의 손을 잡아주기 위해 어린 손은 가만히 기다리고 있었던 것인지도 모를 일이다.

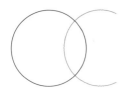

왜
굳이
감사 일기인가?

●

2014년 7월 17일 아침, 이날부터 감사 일기를 쓰기 시작했다. 그 아침이 오늘까지도 이어질 것이라는 생각은 못 했다. 동시에 블로그를 개설하여 감사의 순간들을 공유했다. 지금 돌이켜보면 그때의 그 시작이 참 다행이고 감사하다. 감사 일기를 쓰는 자와 쓰지 않는 자로 인생이 나뉠 때 쓰는 쪽에 있어서 다행이다. 매일 감사 일기를 쓰지 않았다면 '꾸준함'이란 말을 내 인생에 사용할 수 있었을까? 할지 말지 고민될 때 항상 '하라'고 말씀하시던 스승의 말씀을 잘 따랐던 내게도 감사한다.

세월이 흐르는 속도는 빠르고 놀랍지만 이제는 세월을 두려워하지 않고, 친구처럼 여길 수 있다. 하루 이틀 빠른 것도 아니니, 차라리 좋은 친구로 삼을 생각이다. 세월과 손을 잡는 방법 중에서 가장 따뜻하고 쉬운 것은 감사 일기를 쓰는 것임을 알았다. 감사의 글을 쓰고 그때 그 순간에만 존재하는 생생한 감사함을 살았던 것이 참 좋다. 마치 숙제를 미루지 않고 그날그날 착실히 해낸 기분이랄까. 그날 감사하지 않았다면 다시는 만나지 못할 그 사람에게 감사를 전하지 못하고 안타까웠을 텐데 감사 일기는 미련을 남기지 않아서 좋다.

처음에는 감사할 만한 사건이나 사람들이 있어야만 쓰다가, 일상의 소소한 순간들에 대해서 감사하고, 나아가 '다행함의 내용을 담아' 감사 일기를 쓰는 등 감사의 종류가 많아지는 것을 체감했다. 감사함의 한계가 없었다. '그런데도'의 감사까지 쓸 수 있는 상태도 일상적인 감사의 경험을 쌓아나가는 절차를 거치는 중에 자연스럽게 시작되었다.

인생에서 어려운 일이 닥쳐 힘든 와중일지라도 찾을 수 있는 감사함, 자신을 토닥토닥 끌어안아 줌이다. 감사하는 순간, 삶의 따뜻함이 찾아와서 외롭고 지친 마음에 위로가 되어 주었고, 이겨내고 극복할 힘이 났다.

자동차 한 대를 만들기 위해 필요한 수많은 사람들의 노력 하나하나를 존중하는 것이 감사다. 아이디어를 제안하고 계획한 사람부터 실패를 겪고 다시 일어난 사람들, 그 자동차를 만들고 판매해 준 사람들, 길을 비켜준 사람들, 신호등을 조작하고 관리하는 사람들까지. 자동차 한 대에 얼마나 많은 사람의 손길이 닿았는지 상상하며 감사한다. 그 모든 사람에게 직접 감사를 전할 수는 없다. 그래서 가끔은 차에 '고맙다'라고 말한다. 그때 어떤 온기가 감싸는 신비를 느낀다.

한 사람의 삶에도 무수한 도움들이 함께 한다. 일상의 순간들부터 큰 사건의 순간들까지 모두에서 작동한다. 셀 수 없이 많은 도움이 알게 모르게 쉼 없이 나의 삶에 들락거림을 감사하는 생활을 시작하게 된 것은 정말 큰 행운이다. 모든 것에 대해 감사하라는 것은 단순히 말로만 들으면 쉽지만, 실천으로 옮기는 것은 어려운 일이다. 하여 "오늘 하루 동안 나에게 닿았던 수많은 도움에 대해 모두 감사합니다"라고 짧은 글로 뭉쳐 쓰기도 한다.

내가 잘한 일이 하나라도 있다면, 그것은 절대로 나의 힘만의 결과가 아니다. 알게 모르게 받은 모든 도움에 대해 감사하는 마음을 하늘로 올려보낼 때도 있다.

"이 일을 할 수 있게 도와준 많은 사람과 사물에 감사합니다. 그들에게 7배의 축복을 주세요. 모두 그들의 덕분입니다."

"항상 기뻐하라, 쉬지 말고 기도하라, 모든 일에 감사하라."

이 세 가지 명령은 사실 하나로 연결되어 있다. 감사하는 마음은 기도의 시작이 되고, 그 기도는 결국은 기쁨으로 이어진다. 감사하며 살아가는 것이 무엇보다 자신을 단단히 지지해 준다.

하버드대학 명예 교수인 신경과학자 탈벤 샤하르는 놀라운 말을 했다.

"엔도르핀, 생체 내에서 자연적으로 생성되는 화합물은 암 치료와 통증 해소에 뛰어난 효과가 있다. 그런데, 많은 사람들이 잘 모르는 다이돌핀은 엔도르핀보다 무려 4천 배의 효과를 지니고 있다. 감사할 때, 감동할 때 우리 몸속에서 솟아난다. 이것은 강력한 항암효과를 낸다."

이 얼마나 놀라운지. "항상 기뻐하라, 쉬지 말고 기도하라, 모든 일에 감사하라"라는 문장을 과학적으로 증명했으니 말이다.

'지금 그리고 여기'라는 키워드는 나에게 이 순간에 집중하라 말한다. 미래나 과거는 어찌할 수 없는 부분이고, 현재는 어찌해 볼 수 있는 기회니까 더 중요하다. 수첩을 들고 다니다가 살짝 스치는 생각, 감정, 아이디어를 기록하기도 한다. 키보드를 통해 표현하는 것에 익숙해진 터라 수동적인 펜과 종이를 통한 기록은 처음엔 쉽지 않았다.

잊혀져 가는 일상의 생각들을 떠올리고 싶을 때가 있다. 그럴 때 수첩을 열면 다시 상기할 수 있으니 다행한 작업이 아닌가. "내가 그때 이런 생각을 했었다니!"라고 놀랄 때도 가끔 있다. 그 생각들은 내 무의식이 의식을 통해 밖으로 잠깐 나온 것들이었을 텐데. 아마도 내 인생의 중요한 순간들 중 하나였을 그것들은 내가 누구인지를 좀 더 알게 해준다.

감사한 일이 생겨서가 아니라, 마치 친구에게 흥미진진한 이야기를 들려주듯이, 감사 수첩을 펴 들고 그 순간에 감사할 수 있는 것들을 찾아내고 이해하고 교감한다. 그냥 오는 감사도 있지만, 직접 찾아내는 감사는 정말 조용하고도 신나는 일이다. 감사의 마음을 가지고 있을 때, 마치 풍요로운 잔치에 초대받은 듯하다. 그 마음을 적어두면, 나중에 다시 꺼내 읽을 때, 그때의 감사한 기분을 또 느낄 수 있으니, 갑절이 된다. 감사는 복리 효과를 가져다준다. 삶을 풍요롭게 만드는 신기한 방법이다.

감사의 시선으로 모든 것을 바라볼 때, 감사하지 못할 것이 없다. 심지어 접촉 사고 같은 일에서도 감사함을 찾게 된다. 더 큰 사고가 아닌 게 감사다. 사고를 겪은 후에도 감사할 수 있다면, 그 맘이 자신을 어둠에서 구원해 준다.

조벽 교수는 말했다.

"고마움은 찾아보는 게 아니라 보이는 게 다 고마운 것임을 알아차리는 것이다."

감사 일기는 고마움과 알아차림의 도움닫기 틀이다.

누구에게나 크고 작은 복이 있다. 감사하는 복을 아는 것은 큰 복이다. 감사의 감정은 무한하며, 셀 수 없을 정도다. 감사의 시각으로 삶을 바라보면 용서할 수 없다고 생각하는 일조차 없다. 영화 〈밀양〉에서 "내가 용서하지 않았는데, 신이 용서했다고요?"라며 울부짖는 장면에서 보듯 용서는 그만큼 어려운 과정이다. 그 어려운 상황 가운데서도 감사의 아주 작은 틈을 발견할 수 있다면, 용서의 능력을 갖출 수 있다. 용서는 먼저 나를 위한 일이니, 적극적으로 용서하려고 애쓸 만한 가치다.

'용서 일기'를 쓰는 것은 어떨까? 내가 용서해야 할 사람을 찾는 것이 아니라, 내가 용서받아야 할 일을 찾는 일기 말이다. 감사해야 할 일이 많듯이 용서받아야 할 일도 많다.

"미안합니다. 용서하세요"라는 말을 직접 하기 어려울 때 용서 일기로 대신하는 거다. 감사 일기는 바로 내 유언장이기도 하다. 마지막 날이 언제인지 모르니 그때까지 감사를 미루며 살 순 없다. 그날그날 감사하고 용서를 구하며 산다면 정갈한 삶이라 하겠다.

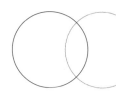

고구마가
달지 않다면
그건 실패일까?

●

그저 맛있게 보여 시장에서 고구마를 샀다. 요즘 느끼는 것은 겉모양과 크기는 예쁜데 삶거나 구워보면 맛이 예전과 달리 없다는 거다. 그럼에도 스스로 속이며 이번에도 최대한 먹음직스럽게 보이는 것으로 골랐다. 맛있기를 간절히 바라며 40분 동안 구웠다. 세상에나, 이번에는 기대 적중이 아니겠는가? 이게 뭐라고, 혼자 미소가 터졌다.

바람과 다른 일이 너무도 많았기에, 이번처럼 기대가 현실이 될 땐 웃음이 난다. 하지만 기대와 결과가 같을 때 또는 기대보다 더 나을 때뿐만 아니라 그보다 못할 때도 웃으며 살 수 있는 길이 있다. 바로, 주어진 상황을 해석하는 마음에 달렸다. 이제부터라도 달면 삼키고 쓰면 뱉는 것 말고의 삶을 살아야 하지 않겠냐고 나에게 권한다.

적어도 내 발자국의 흔적은 생긴다. 내게 온 어떤 삶도 튕겨내지 않겠다는 마음을 지니고 삶을 대할 수만 있다면 나를 좀 더 사랑함이다. 흔히 말하듯 빈손으로 태어나 셀 수 없는 풍족함을 두르고 산다. 오히려 과할 정도다. 과거에도 그랬듯 현재와 미래의 시간 또한 정성을 다해 운명을 누리며 어떤 결과든 '내 삶'으로 품어주고야 말겠다는 마인드 셋을 장착하자고 토닥거려 본다.

고구마 하나를 선택하는 것도 인생의 작은 선택이다. 때로는 겉모습에 속아 실망할 수도 있지만, 그 과정에서 배울 점도 있다. 고구마가 맛있길 바라며 기다리는 그 순간처럼, 내 인생의 모든 순간도 기대와 희망으로 가득 채우고 싶다. 그리고 그 결과가 어떻든, 내 삶으로 받아들이고 사랑할 것이다. 우리의 삶도 고구마와 비슷한 점이 많다. 겉으로 보기에 예뻐 보이는 것이 항상 맛있는 것은 아니며, 겉모습이 별로여도 속은 달콤하고 맛있는 경우도 많다. 맛없는 것을 알아야 맛있는 것도 아는 법이다.

어떤 사람이 신에게 말했다. "불쌍한 인간이 보이면 신께서 도움을 내려야 비로소 신이라고 할 수 있는 것이 아니냐"고. 그 말을 들은 신은 "내가 얼마나 주고 있는 줄을 모르는구나!"라며 보란 듯이 커다란 보자기 한 뭉치를 불쌍한 사람이 지나갈 길가에 떨어뜨렸다. 그런데 불쌍한 나그네는 그것을 장애물이라 여기고 피하더니 그냥 가버리는 것이었다. 이 장면을 보면서, 신으로서 인간의 삶에 힘든 순간이 필요해서 그것을 내려 주는데, 그것이 바로 선물이 아니면 도대체 무엇이겠냐고 했다는 일화다.

결국, 신의 관점에서 보면 인간에게 주어지는 모든 어려움은 일종의 선물이며, 그 선물을 통해 인간은 성장하고 더 나은 삶을 영위할 기회를 얻는 것이다. 이러한 어려움과 고난이 바로 우리가 더 강해지고 지혜로워지는 계기가 된다. 어려움을 겪을 때마다 그것은 시험이고, 이를 극복함으로써 더 큰 성취를 이룰 수 있다. 신이 인간에게 주는 어려움은 단지 시련이 아니라, 더 나은 미래를 위한 준비 과정인 것이다. 고난 없이 지혜와 용기를 얻을 기회는 없다.

명약은 쓴 법이고, 잔소리는 사랑의 또 다른 표현이며, 잠은 깨어 있음을 위해 꼭 필요한 것과 마찬가지다. 손이 완성되려면 손바닥과 손등이 있어야 하듯. 내게 주어진 모든 순간이 내 인생에 꼭 필요한 장치들이다. 인생의 각 순간은 저마다 의미를 지니고 있으므로, 그 순간들을 버리지 않을 때 더 깊은 삶의 의미를 발견하게 된다. 고난 후에 성숙한 사람이 된다.

고구마가 맛이 있든 없든 결과에 그다지 연연하지 말 일이다. 맛있으면 감사를 하고 맛없으면 그러려니 하며 묵묵히 넘어가는 거다. 맛없는 것을 알아야 맛있는 것이 무엇인지 안다. 귀한 줄 알아야 비로소 기적이 뭔지 알게 되는 법이다. 그러니 오늘 나에게 낙서해 댄 그 사람을 용서하는 것이 곧 나에게 온 신의 선물을 놓치지 않음이다. 맛없는 고구마를 통해 맛있는 고구마의 소중함을 알 수 있듯이, 우리의 삶에서도 좋은 순간과 나쁜 순간이 공존하며 그 모든 순간이 합쳐져 우리의 삶을 완성한다.

최선을 다해 선택한 고구마가 비록 맛이 없을지라도 그동안 맛있게 먹은 순간이 있었음을 감사하며 맛없는 순간조차 선물이라 여기며 넘어갈 수 있다면 고구마가 못생겨도 그리 큰 대수가 아니다. 호들갑 떨지 말고 그윽하게 한 고비 한 고비 넘어가는 나를 상상한다. 상상하면 이뤄진다고 하니 내 삶을 지켜볼 일이다.

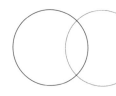

어제는
오늘과
다른 날이었을까?

●

사람은 그리움만 남기고 떠나버리며, 세월은 흔적 하나로 떠나간 사람을 코앞까지 데려온다. 어렸을 적에 나는 삼촌 집에 살았다. 예쁘고 조그마한 외할머니는 항상 자리에 누워 있거나 앉아 계셨다. 내가 얘기하는 것을 좋아하시던 할머니는 하필 내가 멀리 나가 있던 초등학교 4학년 때 돌아가시고 말았다.

한동안 할머니가 안 계신 텅 빈 방이 조금도 이해되지 않았다. 그 방은 늘 할머니의 따뜻한 존재로 가득 차 있었기 때문에 할머니의 부재는 내게 큰 충격이었다. 할머니의 목소리를 다시 들을 수 없다는 사실이 너무나도 슬펐다. 이 소식에 대전에서 도착한 언니는 흔들리는 시외버스에서 쉬지 않고 울었다고 했다. 할머니를 쏙 닮은 언니 속에서 지금도 가끔 할머니를 볼 수 있어서 한편 다행이다.

다섯 살밖에 안 된 내게 늘 밥을 빨리 먹으라고 옆구리를 쿡쿡 찌르던 할머니. 아마 외숙모 눈치를 보셨던 것 같다.

엄마는 일 나가시고 외숙모 집에 와서 살며 늘 함께 밥을 먹었던 나는 하필 식사 속도가 가장 꼴찌였다.

외숙모는 커다란 밥솥 가운데에 흰 쌀을 한 줌 모아 넣어 밥을 짓곤 하셨다. 너무나 예쁜 그 밥은 항상 막내 사촌 오빠 도시락으로 모두 들어가 버렸고, 나는 언제나 꽁보리밥뿐이었다. 가끔은 밥솥 가운데 조그마한 종지를 함께 넣어 같이 밥 뜸을 들이곤 하셨는데, 자리젓을 넣어 찐 반찬이었다. 밥 한 숟갈에 뜨거운 자리젓을 반찬 삼아 찍어 먹던 게 생각나긴 한다.

그렇게 애지중지하시던 사촌 오빠는 먼 뉴질랜드로 가서 가정을 이루었고 선교사로 일하셨다. 그런데 갑자기 발병, 외숙모보다 먼저 하늘나라로 가버리고 말았다. 이것은 내가 처음 겪은, 엄마를 두고 앞서 떠나는 자식에 대한 슬프디슬픈 기억이기도 하다. 이 사실을 받아들이지 못했던 숙모는 가슴 미어지는 세월을 참으며 아들 무덤가 풀을 말없이 벨 뿐이셨다. 세월은 아픔도 함께 조금씩 데려간다지만 내 눈에는 영원히 숙모 곁에서 고통을 주는 것 같았다.

초등학교 시절, 그 오빠는 가장 나와 나이 차이가 작아서인지 작은 방 안에서 무척이나 재미있게 술래잡기 놀이를 하며 놀곤 했다. 나는 아직도 그 당시로 잠깐이나마 갈 때마다 오빠의 선한 모습이 그리워 눈에서부터 애잔함이 차오르곤 한다. 외숙모는 그런 내가 좋아하는 막내 오빠에게만 쌀밥을 퍼주었는데 오빠는 밉지 않았고 외숙모만 문득문득 미웠다. 보리밥은 언제나 사촌 오빠 외의 나머지 사람들이 먹어야 했고 나는 늘 그 거칠고 단단한 돌 같은 밥을 씹어내기가 싫었다. 지금도 나는 참살이 음식으로 둔갑한 보리밥이 이해되지 않을 뿐만 아니라 어쩌다가 먹을 때면 소화도 되지 않는다.

'보릿고개' 라는 노래가 있다. 진성이라는 가수가 부를 때마다 보리밥과 함께 내 어린 시절의 밥상 그림과 사촌 오빠, 할머니 등을 떠올리게 한다.

아야 우지 마라 배 꺼질라 가슴 시린 보릿고개 길 주린 배 잡고 물 한 바가지 배 채우시던 그 세월을 어찌 사셨소 초근목피의 그 시절 바람결에 지워져 갈 때 어머님 설움 잊고 살았던 한 많은 보릿고개여 풀피리 꺾어 불던 슬픈 곡조는 어머님의 한숨이었소 풀피리 꺾어 불던 슬픈 곡조는 어머님의 통곡이었소 (보릿고개 / 진성 노래)

당시 외삼촌은 동네 앞바다에서 자리돔을 쉽게 잡아 와서는 대청마루에 앉아 직접 자리물회를 만들어 주셨다. 풋고추가 둥둥 떠다니고 식초 몇 방울 넣는 것 같았는데, 아직도 새콤 쌉쌀하고 싱싱한 그 맛을 기억할 정도로 맛있었다. 지금도 자리물회 식당을 찾아보지만, 어린 날의 기억을 채워주는 그 맛은 여태 발견하지 못했다.

어느 날은 시외버스를 타고 삼촌과 함께 제주 시내에 갔다 오는데 정거장 옆 찐빵집에서 팥빵을 사주셨다. 난생처음 먹어보는 단팥빵이어서인지 버스를 타서인지 멀미와 구토가 났다. 달리는 차에서 내릴 수도 없어서 참느라 무진 애를 먹었다. 토할 것 같은 차멀미는 당해보지 않으면 그 난감함을 이해하지 못한다. 지금도 찐빵만 보면 그 시절이 생각나는데 어린 나에게 찐빵을 먹게 해주고 싶었던 삼촌의 마음이 따스한 그리움으로 남아 있다.

그렇게나 맛있게 음식을 잘하고 나를 돌봐주던 삼촌도 어느 날 밤 급성 심장 멈춤으로 영원히 만날 수 없게 되었다. 한 집안의 가장이었고, 어린 생각에는 교회 장로인데 갑자기 데려가면 그건 반칙일 뿐이었다. 너무 갑작스러운 죽음은 전혀 믿기지 않는 법이다. 지금 나는 그 시절로부터 50여

년을 훌쩍 건너와 있다. 그런데 죽음은 예나 지금이나 꾸준히 진행되는 절대적 숙명이다.

눈에 선명히는 잡히지 않지만, 기억은 왜곡된다고도 하지만, 세월이 준 희미한 흔적이지만, 여전히 그 시절 사람들이 지금 옆에 있다. 그 옛날이 꼭 어제 같다. 세월이 과거를 만드는 바람에 그때의 사람들을 떠올릴 때 함께 생기는 아련함은 이별의 또 다른 쓴맛이다.

쉼 없는 이별을 잘 살아내려고 사랑했었던가 보다. 사랑을 주기만 하면 괜찮아질까? 이도 저도 아니라면 아픔도 사랑의 또 다른 이름이라고 불러야겠다. 옛날도 오늘만 같으니 오늘 하루도 옛날이 되어 누군가의 기억 속에서나마 계속 살아가겠구나. 허허롭긴 하겠지만 이왕이면 누구에겐가 곱게 추억되는 사람이 될 수 있다면 가치 있는 삶이려니. 내일은 오늘이었다가 어제로 간다. 단풍이 세월을 닮은 건지 세월이 단풍을 닮은 건지 자연과 인생이 닮았다.

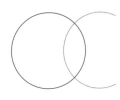

아르바이트하는
딸을 통해 본
노동이란?

●

딸이 1박 2일 동안 고등학교 선배 언니와 서울에 놀러 간다고 했다. 필요한 경비를 준비하기 위해 롯데마트에 아르바이트 신청을 했고, 오늘은 그 일을 시작한 지 3일째 되는 마지막 날이었다. 롯데마트 아르바이트가 끝나는 시간이 9시인데, 버스 정류장까지 차로 태워 달라고 요청했다.

퇴근 후 저녁 식사를 한 뒤, 챙겨와 달라는 보리차와 우산을 들고 롯데마트로 갔다. 농수산물 코너의 키위 시식하는 곳으로 오라고 했다. 멀리서 딸의 모습을 한눈에 알아보긴 했는데, 순간 뭔지 모를 울컥함이 올라왔다. 1시부터 9시까지 키위 진열대 앞에 서서 키위를 조각내어 시식하게 하는 일을 하고 있었다는 말이었으니까.

아르바이트하는 모습을 직접 보니, 부모인 내가 할 일을 딸이 하는 것 같아 마음이 아팠다. 주변에는 잠시 앉을 의자도 없었다. 힘들겠다고 했더니 뒤에 기대어 설 수 있어서 괜찮다고 했다. 남의 돈을 받는 것은 그렇게 쉬운 일이 아니라는 말까지 덧붙여주는데, 애잔함이 올라왔다.

자식이 고생하는 것을 부모가 본다는 것이 이렇게나 무거운 감정일 줄은 미처 몰랐다. 그동안 아르바이트를 한다고 여러 번 들어본 것 같긴 한데, 직접 보기는 처음이었다. 아르바이트, 내 아이가 하는 것을 보고 난 뒤에야 비로소 참 힘든 일이라는 것을 느꼈다. 한편 인생의 맛을 알아가는 것 같아 다행이다.

마음에 따라서 아르바이트하는 모습이 고달프게 보일 수도 있지만, 그보다는 건강한 생각에 더 초점을 맞추며 나 자신을 스스로 달랬다. 뭔지 모를 미안함과 고마움이 동시에 올라왔다. 버스를 태워 주고 돌아오는 길에 나도 모르게 눈물이 고였다. 어머니도 내 모습에서 이런 적이 있으셨을까? 새삼 부모·자식이라는 끈이 주는 묘함이 나의 어머니에게까지 이어져 설명할 수 없는 정을 느꼈다.

오래전에도 딸은 내게 식당에서 시중드는 아르바이트를 한다고 한 적이 있었다. 그때는 누구나 쉽게 아르바이트 이야기를 하길래 '그런가 보다' 라고만 생각하던 터였다. 그래도 그 말을 들은 후부터 식당에서 식사하고 나면 빈 그릇을 한쪽에 차곡차곡 정리하기 시작했다. 지금도 나는 빈 그릇을 아무렇게나 놔두지 않는다. 시중 드는 분들의 수고가 내 딸의 수고 같아서 조금이라도 돕고 싶어서다.

키위 잘라주는 아르바이트를 하며 매장 한쪽에 서 있던 딸을 직접 보고 나니, 시식 코너에 있는 다른 사람들이 비로소 눈에 들어왔다. 예전에는 무관심했던 사람들의 표정을 잠깐이나마 살피게 되었다. 피곤하지는 않은지 표정을 읽어보기도 했다. 다음에 혹시 시식할 일이 생기면, 아르바이트하는 사람들에게 꼭 한마디는 하리라 다짐했다. "수고하신다"는 아주 가벼운 한마디 정도겠지만 말이다.

엄마인 나에게 아르바이트 현장을 보여준 딸의 모습이 가슴에 차오를 때면, 딸이 아니라 어머니 같다. 어머니의 향기를 느끼게 해주는 엄마가 아직 되지 못한 건 아닌지 모르겠다. 나를 위해 이것저것 베풀어 주셨던 어머니가 너무 그립다. 딸과 나와 어머니를 하나로 묶어준 노동은 숭고하다. 딸의 아르바이트가 가르쳐 준 소중한 가치다.

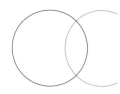

이어령 선생이 준
희망과
생명의 가치는?

●

이어령 선생의 소천을 애써 추스르려 하고 있었는데 또 눈물이 터지고 말았다. "어느 날 문득 눈 뜨지 않게 해주소서." 생전 기도처럼, 잠 속에서 떠나신 분. 믿어지지 않는 죽음에 더하여 남은 자를 향한 다독임마저 구슬펐다. 죽음은 슬픔을 못 느껴서 슬프다는 말이 유독 슬프게 들렸다.

김지수 작가가 질문을 하지 않았더라면 그의 빛나는 끝말들을 못 만났다. 참 다행이고, 참 고맙다. 선생을 인터뷰해서 썼다고 하는 《마지막 수업》을 다 읽고 책 나눔도 끝낸 한 달여 뒤, 생전 누차 말했던 그 말대로 선생은 하늘나라로, 영성의 세계로 가셨다. "3월에는 나를 볼 수 없을 거야." 덜 울기 위해 이 말이라도 듣지 않았어야 했다.

대학을 졸업하고 첫 발령을 받고 첫 월급으로 산 건 캐논 카메라와 이어령 전집이었다. 문장이 현란하고 화려하고 힘차고 아름다워서 감히 사람이 쓴 책인가 싶었다. 마치 비단 같은 느낌, 완벽한 표현감을 느꼈었다. 그런 그분이 죽음을 앞두고도 20권의 책을 쓸 계획이었다니 실로 생각이 방대한 분이셨다.

개인적으로 그분의 인생이 지성에서 영성으로 나아간 것도 참 다행스럽게 생각한다. '신은 이해하는 대상이 아니라 믿음의 대상'이라던 일갈을 통해 인간의 한계를 넘어서는 방법은 믿음뿐임을 더 믿게 해주었다.

"새벽에 찾아오는 통증이 가장 힘들다"는 말과 함께 그때 신을 대면한다고 했다. 그리고, "통증이 가라앉아 조금만 행복해도 신을 잊는 것이 인간"이라며 웃었다고 했다. 나도 종종 그렇게 살아왔다.

글로 보는 것하고 말로 하는 것의 차이를 말하시면서 말이 우선임을 강조했다. '그립다 말을 할까, 하니 그리워' 말이 생기면 감정도 생기기 때문이란다. 경서를 소리 내어 읽을 이유를 드디어 찾았다. 글조심하라는 말은 거의 못 들었지만, 말조심하라는 말이 왜 흔한지 그 이유를 알았다. 함부로 내뱉었던 나의 말들이 이제 그만 다시 돌아와 주길 진심으로 바라본다.

헌팅턴 비치에 가면 네가 살던 집이 있을까 네가 돌아와 차고 문을 열던 소리를 들을 수 있을까 네가 운전하며 달리던 가로수 길이 거기 있을까 네가 없어도 바다로 내려가던 하얀 언덕길이 거기 있을까 바람처럼 스쳐 간 흑인 소년의 자전거 바큇살이 아침 햇살에 빛나고 있을까 헌팅턴 비치에 가면 네가 있을까. 아침마다 작은 갯벌에 오던 바닷새들이 거기 있을까 네가 간 길을 이제 내가 간다. 그곳은 아마도 너도나도 모르는 영혼의 길일 것이다. 그것은 하나님의 것이지 우리 것이 아니다. (2022년 2월 이어령)

이 시를 처음 들었을 때, 눈물을 참을 수가 없었다. 사별한 딸에 대한 그리움이 전해져 왔다. 그 후로도 여러 번 읽게 되는데, 그때마다 뭉클해지곤 한다. 강한 만큼 약함에 더 맘이 아팠다.

절망하지 말라는 말이 내게 속삭이듯 위로가 되고 격려가 되고 힘이 되었다. 착함이 언젠가는 악함을 이긴다면서 〈오징어 게임〉의 마지막 승자에 비유하기도 했다. 최후의 승자는 선함이니, 휴머니티를 잊지 말라는 당부로 들렸다.

나치 학살에서 평범한 사람들이 위기의 순간에 서로를 위해 나누었던 선한 모습도 책을 통해 상기시켜 주었다.

선각자는 희망을 노래하는 사람임을 이어령 선생을 통해 다시 확인했다. 교사는 학교의 아이들에게도 희망을 노래하는 사람이어야겠다. 그런데 요즘은 교사들 입에서 "학교가 지옥 같다"는 말이 나온다. 희망을 노래해도 모자란데 교사들마저 가르침의 절망, 자존감의 저하로 몸살을 앓고 있어 너무도 안타깝다. 서이초 교사 49재, 전국의 교사들이 곳곳에 모여 추모를 지냈다. 교사라서 그런지 뉴스를 봐도 학교를 봐도 교사를 봐도 먹먹하다. 이 땅의 모든 교사가 이어령 선생처럼 쩌렁쩌렁 심지가 굳세면 참 좋겠다.

플라톤, 프로이트, 아인슈타인, 칸트한테도 쫄지 않았다며 지적 위축이 없다는 당참이 참 멋진 분이셨다. 규칙적인 칸트의 생활을 이야기하면서 기분 날 때 산책하는 게 문학인이라며 "칸트의 산책? 그건 산책이 아니라 KTX!"라고 평정해 버릴 때 '어? 맞네!' 통쾌하게 웃었다.

비언어와 언어가 현란할 수밖에 없다. 선생의 손은 입만큼 바쁘셨을 것 같다. 휴머니티, 세계성, 영성, 착함, 한국인,

승자, 생명 자본…그 언젠가 별을 보며 즐거웠다고 나도 선생 따라 말할 수 있었으면 좋겠다. 내면의 도덕률은 별과 같다고 했다. '하늘의 별이 질서정연한 것처럼 선한 삶을 믿으라'는 마지막 당부는 나에게 유언이 되었다.

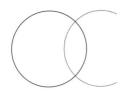

회상이
나에게
부탁한 것은?

●

마산에는 '클래식 그라운드' 라는 맛있는 음식점이 있다. 스테인드글라스 조명이 테이블에 놓여 있고 메뉴 책은 다이어리 같다. '클래식 딥디쉬' 라는 메뉴는 시카고 피자 스타일이지만 건강한 맛과 신선함이 있으며 무엇보다 간이 잘 맞다. 잼과 치즈를 미니 바게트 위에 얹어 나오는 애피타이저는 앙증맞음으로 눈부터 꽉 채워주는, 첫맛을 열기에 딱 좋은 매력 아이템이다.

결혼을 앞둔 예비 신부, 첫 발령을 받은 신규 선생님과 함께 용재 오닐의 연주를 보러 마산 삼일오기념관에 간 적이 있었다. 벌써 오래된 옛일이다. 식사를 먼저 하고 감상하러 가자며 들렀던 곳이다. 그날의 웃음소리, 농담 속에 자지러지던 조크, 그날의 목소리, 요리마다 터지는 감탄, 찬바람에 추웠던 길거리는 그때나 지금이나 모두 사랑으로 기록된다. 돌아보면 그날 그 순간의 만남이 바로 내 인생의 포인트

하나하나였다. 흔히 '잠깐 스쳐 지나간다' 고 표현하지만, 영원히 마음에 남는 사랑스러운 날이었다.

맛있는 식사 후라서 그런 건 아니겠지만, 용재 오닐의 비올라 연주는 단숨에 심금을 울렸다. 전율을 일으킨다는 말이 매우 쉽게 이해되는 순간이었다. 용재 오닐을 직접 듣고 본 시간이었다. 표정과 목소리와 눈빛과 몸짓 하나하나 진심으로 다가왔다. 다시 또 볼 수 있을까?

고국으로 돌아가기 며칠 전까지만 해도 한국에서 악기를 연주하던 우크라이나인들이 전쟁터로 변한 고국으로 돌아가 총을 들고 싸우다 목숨을 잃었다는 뉴스도 들었다. 이전에는 음악으로 사람들을 위로했고 지금은 전쟁으로 희생당한 고인이 되고 말았다. 어쩐지 사람의 생명이 고귀한 것도 같고 하찮은 것도 같다. 어렵게 태어나서 잠깐 호흡을 하다가 이렇게나 허무하게 휩쓸려버리다니 말이다. 지난 세월 속의 내 모습과 지금의 내 모습 그리고 미래의 내 모습은 가장 슬픈 이야기로 아니, 가장 아름다운 이야기로 남기를 바라지만 장담할 수 없기에 부질없음도 동시에 밀려든다.

마산에 있는 클래식 그라운드에 갈 날이 어쩌면 다시 올 것이다. 하지만, 그날의 그 사람들은 더 이상 그곳에 없다. 남겨진 목소리와 흐릿한 이야기, 웃는 모습이 메뉴에 어른거려 애잔해지겠지. 분명 그날의 맛과 다른 맛이 나서 어리둥절해질지도 모르겠다. 과거를 돌아보면 삶의 해답이 보인다고 했던가. 돌아보는 곳곳에 기쁨도 슬픔도 뭉클함으로 다가온다. 왜 나는 과거의 나와 만날 때 쉽게 애처로워지는 것일까? 그리워서일까, 돌아갈 수 없어서일까, 다시 볼 수 없어서일까, 하루하루가 이별이기 때문일까를 쫓아가다 보니, 이 모두가 답이다.

지금은 곁에 없는 사람들처럼 나 또한 언젠가 누군가의 곁을 떠난다. 오늘은 교회 가는 날, 식구들은 집에 다 있고 나 혼자만 갔다. 소원이 절실해지면 기도도 단순해진다. 지금 가까이 같이 살고 있는 동안 함께 예배하는 삶을 실컷 살게 해달라고만 반복하여 기도했다. 그 이외의 기도는 다 무의미했다.

'이별은 필수'의 삶인데 영원할 것처럼 낭비하며 때론 지겨워하며 산다. 오늘의 삶이 또 올 수 없다는 것을 알면서도 넋 놓고 지내게 되는 내가 슬프다. 가족들은 이런 생각이 전혀 없는데, 나 혼자만 감상에 젖어 있는 건지도 모른다. 돌아가신 어머니와 함께했던 시간을 떠올려보면 자주 함께 여기저기 다니지 못한 게 아쉽다. 먼 훗날 내 아이들과의 추억이 적어서 헛헛해질까 봐 가슴 졸인다.

그런데도 할 수 있는 한 위로하며 살아갈 테다. 밀어주고 이끌어주며 용서하고 사랑하며 살아야, 훗날 오늘을 생각할 때 조금이나마 후회가 적은 삶이 될 테니까. '그때 그러지 말걸' 이라든가 '그때 이럴걸' 이라는 말이 떠오르지 않게 살자고 알아차려 본다.

"사랑해. 사랑해."
"네가 최선을 다하고 있다는 것을 알아."
"너는 지금 모습 그대로 완벽해."
"나는 너를 받아들일 거야."

《불완전할 용기》를 쓰신 '한국의 아들러' 심리상담 대가 노안영 교수는 강조하고 또 강조했다. 격려하고, 격려하고, 또 격려하라고. 격려는 사람을 춤추게 한다고. 미움받을 용기보다 사랑받지 않을 용기가, 미움받을 용기보다 미움에 도전할 용기가, 갑질 받을 용기보다 갑질에 도전할 용기가, 완전할 용기보다 불완전할 용기가 필요하다고 했다. 불완전할 용기는 있는 그대로 내가 될 용기이고, 진정한 변화는 있는 그대로 내가 될 용기로 행동할 때 일어난다며, 자책하는 사람들을 향해 무한한 격려를 보냈다.

알아차림으로 무장하지 않으면 자칫 스스로 맥없이 지는 패잔병의 하루가 될 수밖에 없다. 딱 한 번 식사했던 장소지만 문득문득 '클래식 그라운드' 처럼 그리워지는 삶을 지금 살아놓자고 한 번 더 나에게 타이르는 주말 오후다.

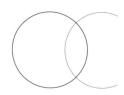

식당은 단지 먹는 곳일 뿐일까?

●

달걀말이를 할 때는 프라이팬에서 풀면서 발생하는 공기를 터트려주는 과정이 중요하다. 이 과정을 거치면 달걀말이가 더욱 부드럽고 맛있게 만들어진다. 그다음 달걀말이를 한쪽으로 말아놓고 공간에 다시 달걀물을 부어준다. 거기에 각종 채소와 밥을 케첩과 조화롭게 볶아준다. 이렇게 볶아진 재료들이 달걀 지단을 만들 때 주요한 재료로 사용된다. 재료들을 부은 다음에는 달걀의 바깥쪽을 위로 쓸어올리는 방법으로 달걀 지단을 완성한다.

달걀 지단이 완성된 후 프라이팬을 뒤집어 접시에 담아준다. 마지막으로 케첩을 더 짜내어 주면, 오므라이스가 완성된다. 완성된 음식은 누군가에게는 허기진 그리움을 채우며 힘내는 한 끼의 삶이 되어 준다.

또한, 달걀 두부에 설탕을 넣으면 달콤한 맛이 나고, 소금을 넣으면 간간한 맛이 나는 것을 알 수 있다. 1인 냄비 요리도 가능하며, 육수만 잘 맞추면 집에서도 손쉽게 만들 수 있다. 드라마 〈심야식당〉속 식당에 찾아오는 사람들 대부분이 같은 메뉴를 주문하는 것을 보면, 이 메뉴가 얼마나 인기가 많은지 알 수 있다.

오빠가 아들을 포기하고 떠나버린 후, 조카를 키우게 된 상황에서, "누군가를 위해 열심히 살게 되는 기쁨"이라는 말을 함께 나누며 활짝 웃는 누나는 참마 소테를 주문한다. 그녀는 참마를 주문하면서 그 음식의 맛과 향기가 어떤 위로가 되어주기를 기대하며, 그 맛이 그녀를 위로해 줄 수 있기를 바란다. 마를 올리브유에 구워서, 그 향미로운 맛을 극대화하고, 그다음에 간장으로 간을 한다. 그 후에는 붉은 소시지로 스테이크를 만든다. 이렇게 해서 만들어진 스테이크는 그녀의 입맛을 사로잡았고, 그녀에게 편안함과 즐거움을 선사했다.

잡지에 실린 남자 에로배우에게 마음을 빼앗긴 여자의 이야기도 있다. 그녀는 그의 매력에 푹 빠져, 자신도 뜻밖의 선택을 하게 되었다. 애로배우가 된 것이다. 그러나 그녀의 애로배우로서의 경력은 매우 짧았다. 딱 한 번 영화를 촬영

한 후, 그녀는 편지를 남기고 세상과 절연하였다. 그 편지는 그녀가 사랑했던 남자, 나이 많은 남편에게 남겨졌다. 그는 그녀를 사랑하였기에 그녀의 모든 포르노 비디오를 사 그녀의 행방을 알 수 없는 세상에 그녀의 모습이 노출되지 않게 했다. 그는 갑작스럽게 세상을 떠났고, 그가 떠난 후 그녀는 그의 유산 중 하나인 열쇠를 발견하게 된다. 그 열쇠를 통해 그녀는 자기 비디오가 어디에도 팔리지 않았다는 것을 알게 된다. 그녀는 이미 세상을 떠난 그 남편에게 고마움과 깊은 사랑을 느낀다. 그녀는 심야식당에서 우연히 만난 어떤 에로배우 남자에게 이 모든 이야기를 들려주고, 웃는 얼굴로 자리를 떠나며 그에게도 고마움을 전한다.

새해가 밝기 전에, 모두가 한마음으로 소바를 주문하며, 이 특별한 순간을 기다리며, 한 해의 마지막을 기념하고 새해를 맞이하는 의미를 담아 먹어야 한다는 전통을 따른다. 서로가 서로에게 웃음과 덕담을 주고받으며, 이곳은 '심야식당'이라는 특별한 장소에서만 경험할 수 있는 특별한 경험을 제공한다. 이 식당은 새벽 12시부터 아침 7시까지만 문을 여는 고유한 분위기와 매력이 돋보인다.

다양한 삶의 이야기가 교차하는 곳으로, 식사와 삶의 교차점에서 다양한 이야기가 탄생하는 곳이다. 심야에 문을 여는 이 식당에는 꽤 많은 사람들, 각기 다른 배경과 이야기를 가진 사람들이 한 곳에서 만나게 된다. 그들의 이야기는 서로 연결되며, 시리즈 1에서는 10가지 다른 이야기가 옴니버스 형식으로 서로 어우러져 하나의 큰 그림을 그린다.

　이번 이야기는 두 형제, 특히 어릴 적의 추억을 중심으로 전개된다. 어릴 적, 동생은 형을 너무 좋아했다. 그래서 형에게 잘 보이기 위해 항상 형과 함께 게임하곤 했다. 그는 형이 이길 수 있도록 항상 일부러 게임에서 패배하였다. 또한 형이 시키는 심부름도 항상 성실하게 수행하였다. 어린 시절의 이런 순수한 형제 사이의 관계는 어느 날 갑자기 헤어짐으로 깨어져 버린다.

　장성하여 각자의 인생을 살아가던 중, 형은 아파트 재개발에 반대하는 한 남자의 이야기를 방송에서 듣게 된다. 그 주인공이 바로 자신의 동생임을 알아차린 형은 그를 설득하여 아파트 재개발이 이루어지게 한다. 그런데, 동생은 받은 보상금을 모두 도박에 걸어버렸다. 그 도박이 성공하여 동생은 일확천금을 얻게 되고, 그 돈으로 궁궐 같은 집을 산다. 그 집에 형을 초대한 동생을 보며 형은 어릴 적 동생이 게임에서 항상 패배한 것이 그가 못해서가 아니라 일부러 져주었다는 것을 깨닫게 된다. 이런 내용은 〈바베트의 만찬〉이라는 영화와 겹치는 부분이 있다.

〈한 끼 줍쇼〉라는 예능 프로그램은 단순히 음식을 즐기는 것 이상의 의미를 담고 있었다. 이 프로그램은 음식을 통해 삶의 중요성을 재조명하고, 서로의 삶을 격려하고 위로하는 삶의 방식을 제안한다.

누군가에게 그리운 밥집이란, 그곳에서 나누었던 따뜻한 대화와 함께한 삶의 순간이 그리운 곳이다. 개인적으로 아주 어렸던 시절, 외숙모님이 대장인 아궁이 부엌 앞에서 도란도란 이야기하며 만들어 주셨던 '자리젓 찜'이 떠오른다. 그때의 행복한 추억이 그립다.

그러고 보니, 그 시절 함께 했던 그분들은 지금 모두 하늘나라에 계시고, 그들의 빈자리는 여전히 내 마음속에 남아 있다. 그리고 주말에 귀가하던 중·고등학교 시절, 엄마가 집 부엌에서 만들어 주시던 잡곡밥과 나물무침, 된장국의 향이 아직도 기억에 생생하다. 아니, 눈물이 나도록 그립다.

요즘엔 맛집을 찾아 헤매는 사람들이 늘고 있다. 그저

허기짐 때문에 맛집을 찾는 것만은 아닌 것 같다. 바쁜 일상에서도 꾸준히 맛집을 찾는 이유는 무언가를 채워 넣고자 하는 갈증 때문일 것이다. 그들이 진정으로 찾고 있는 것은 그저 맛있는 음식만이 아니라, 그 음식과 함께 나누는 특별한 순간일 것이다.

진정한 맛집은 사람마다 다를 수밖에 없다. 그곳에서 먹는 음식이 아니라, 음식을 먹으면서 나눈 감정, 그리고 사람들과의 관계가 그곳을 특별하게 만들기 때문이다.

몇몇 교사들은 점심시간에 학생 한 명과 함께 식사하며 대화하는 시간을 가지는데, 이는 아마도 그 학생에게는 특별한 추억, 문득 생각날 그리운 시간이 될 것이다. 〈심야식당〉 시리즈에서도 이런 점이 느껴진다. 그곳에서는 음식이 있는 곳에 사람들이 모이고, 이야기가 나눠지며, 몸과 마음이 모두 풀리는 시간이 된다는 것을 보여준다. 이처럼 음식과 함께 나누는 시간은 일상을 풍요롭게 만들며, 새로운 에너지를 제공해 준다.

라이더들의 숫자가 급속도로 증가하고, 배달 음식의 수요도 폭발적으로 늘고 있다. 이러한 변화 속에서 점점 이야기가 없어지는 추세를 보고 있다. 우리가 음식을 먹고 느끼는 감동, 그리고 그 음식에 연결된 이야기는 추억이 되어 우리를 위로해 주는 힘이 된다. 이런 생각을 하며, 우리 동네에도 이런 이야기를 담을 수 있는 식당이 있었으면 얼마나 좋을까 하는 바람을 품게 되었다.

그러던 어느 날, 우리 동네에 일본에서 음식 공부를 한 분이 새로운 식당을 오픈했다. 이 식당은 특이하게도 1인씩 앉아서 음식을 만드는 주방을 볼 수 있는 구조였다. 처음에는 사람들이 마주 보는 환경에서는 불편함을 느낄 것으로 생각했다. 하지만 그 식당 주인은 반대로 손님들과 이야기를 나누는 식당을 꼭 만들고 싶었다고 했다.

그때는 그저 그런 생각이었지만, 〈심야식당〉이라는 프로그램을 보고 나서야 그 식당 주인의 마음이 이해되었다. 그는 음식을 통해 사람들과 이야기를 나누며 라이프 스토리를 만들고자 했던 것이다.

드라마 〈심야식당〉에 등장하는 식당처럼 작지만, 따뜻하고 친근한 분위기를 가진 곳이 바로 사람들을 치유하는 장소다. 여기에는 이따금 들리는 손님들의 대화 소리와 주인장의 잔잔한 미소가 어우러져, 편안한 공간을 만들어낸다. 테이블 곳곳에 앉아 있는 사람들은 서로 이야기를 나누며, 그 안에서 즐거움과 위로를 찾는다.

어떤 사람들은 이런 공간의 프라이버시에 대해 우려할 수도 있겠지만, 그럼에도 불구하고 이러한 식당이 주변에 많이 생겨났으면 좋겠다. 이 시대를 살아가는 우리는 겉으로는 풍족해 보이지만, 실제로는 많은 사람들이 마음의 허기를 느끼고 있다.

이런 식당은 몸뿐만 아니라 마음까지도 채워줄 수 있는 공간이다. 서두르지 않고, 천천히 음식을 즐길 수 있으며, 메뉴는 심플하지만 그 안에는 주인장의 정성이 듬뿍 담겨 있다. 이런 곳이 바로 〈심야식당〉과 같은 곳이다. 그런데 이런 모든 것을 한꺼번에 경험할 수 있는 식당이 실제로는 영화 속에만 존재한다는 사실이 너무나도 아쉽다.

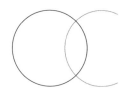

열심히
사는 게
과연 답일까?

●

　몇 년 전, 두 달 병가를 낼만큼 아프고 큰 수술을 받았다.
이 수술은 삶을 크게 바꾸었고, 그 과정에서 많은 깨달음을
얻었다. 수술 후 회복하는 세 번째 날 밤, 고통 속에서 잠을
이룰 수 없었다. 계속되는 통증과 숨쉬기 힘든 상황이 내 몸
이 나를 배반하는 것처럼 느껴졌다. 당시에는 진통제 주사
를 지속적으로 맞았지만, 약의 효과는 일시적이었고, 결국
더 강렬한 통증이 다시 찾아왔다. 그 상황에서 떠오른 생각
은 아이러니하게도 '죽음' 이었다.

　죽어야 할 순간에 살고 싶고, 살아야 할 순간에 죽고 싶
어지는 것인가. 세상에 대한 애착이나 살아가고 싶은 욕구
라는 것이 전혀 없었다. 오직 하나, '죽음을 달라' 는 말만이
내 안에 차 있었다. 삶을 열심히 달려온 것 같은데, 그 삶은
더 이상 나를 앞으로 끌어내지는 못했다. 더는 감당할 수 없
는 통증을 벗어나기 위한 유일한 탈출구는 죽음밖엔 없을

뿐이었다. '혹시, 아직 내가 모르는 그 세계가 정말 아름답고 평화로울까?' 라는 생각이 떠올랐다.

'살아 있는 지금, 현실의 세상이 아름답게 보이기도 하지만, 아마도 진정한 아름다움은, 이 세상을 떠난 후의 세상에 있지 않을까? 죽음을 통해 찾게 될 그곳이 이 세상의 고통과 고민에서 벗어날 수 있는 최종 피난처가 아닐까' 하는 생각이 들었다. 모든 마음과 몸을 다해 삶과의 이별을 원하며, 나를 보호하고 지켜보던 사람들에게 너무 쉽게 "잘 있어라"라는 인사말을 건넸다. 그 순간이 아직도 생생하다. 죽는 두려움도 없었던 묘한 시간이었다.

삶이 가장 활기차고 생생했던 때는 죽음을 향해 가는 것에 대한 두려움이 컸었다. 아마도, 삶은 하늘로부터 내려온 형벌이거나 시험일 수도 있다는 생각하곤 했다. 그런데도 생일을 축하하며, 이 삶이라는 길을 뚜벅뚜벅 걸어야 하는 것인가 싶은 의심이 들곤 했다. 삶의 가치와 의미를 찾는 질문을 던져 보았지만, 답은 찾지 못했다.

가끔 그날, 그 음울했던 병실의 기억이 선명하게 떠오를 때, 차분해지면서도 인생이 애잔해지곤 한다. 그때, 죽음의 문턱을 넘어갈 수 있었음에도, 나는 그곳으로 가지 못했다.

기회를 놓친 것일까? 아니면 당시 상황을 제대로 이해하지 못했기 때문일까? 오늘은 어제 죽어간 이들이 그토록 살고 싶어 하던 그날이 아닐 수도 있다. 삶에 대한 미련이 그렇게나 없었던 그 밤의 기억이 그것을 증명해 준다. 그 밤, 삶과 죽음 사이에서 헤매던 모습을 떠올리면, 절망과 공허함도 함께 온다.

나 자신을 연민하는 것이 쓸모없다고 항상 생각해 왔지만, 욕심이 생길 때마다 나를 아낌없이 동정해 주리라 마음먹는다. 그 순간이 내게 소중함으로 남았다. 극심한 통증 경험은 비록 과거의 일이 되었지만, 그 통증은 몸과 마음에 깊이 새겨져 있는지 가끔 다시 통증으로 온다. 그러나 그것이 나를 강하게 만들어준다.

법정 스님의 무소유로 말하자면 생명 의지를 내려놓는 것도 무소유다. '생명은 내 소유가 아니어서 돌려주는 행위가 아닌가' 하며 자신을 설득하는 순간도 있었다.

그 이후로, 죽도록 일하면서 살기보다는 천상병 시인처럼 지상에 소풍을 나왔다고 생각하고 좀 더 가볍게 즐겁게 살려고 노력한다. "열심히 일하지 않으면 생존이 어려울 걸?"이라고 말하는 사람들의 말에 "이왕 소풍 나왔으니 이거저거 다 해볼래"라고 반박한다.

집단무의식은 사람들이 그냥 주변 사람들이 하는 대로 행동하거나 생각하는 현상이다. 한 떼의 사람들이 비슷한 행동을 하면, 다른 사람들도 따라 하게 되는 것이다. 융이 말한 집단무의식은 어쩌면 최초 인간의 DNA일 것이다. 이것은 인류의 역사와 문화, 그리고 우리의 심리적 유산을 담고 있다. 그날의 통증은, 이제는 고맙게도 내 안의 공간에 불쑥 찾아와 '가끔 머물라'라며 쉬엄쉬엄 차 한 잔이 되어 주는 친구가 되었다. 그것은 내 삶의 리더가 되어, 종종 내게 길을 안내해 준다.

앞만 보고 달리는 것을 멈추고 뒤를 돌아보는 것이 오히려 새 힘을 준다. 그것은 과거의 경험에서 배운 교훈을 통해 우리에게 새로운 통찰력과 지혜를 제공한다.

"너의 페이스대로 가~ 그래도 아주 괜찮아."

이런 말을 들으면 내 속의 친구가 나를 인정해 주는 것 같아 이것이 난 제일 좋고 편안하다. 내가 내게 존중받고, 그대로 받아들여진다면 최고의 상태가 아닌가. 이런 자기 신뢰는 교만함이 아니라 오히려 인생에 대한 겸손이다.

아모르 파티,
무엇이든 사랑하며

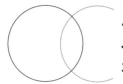

교사들도
위로가
필요할까?

●

서이초 선생님의 슬픔을 완전히 이해하지 못하여 조금 아쉽다. 교사들이 어려운 학교 상황에 부닥쳐 있다는 것을 인정하고 누군가 사과하는 것이 진정한 책임감이라 생각한다.

학생, 교사, 학부모의 인권은 모두 동등하고 소중하다. 그분이 목숨을 바친 그 큰 이유는 정말로 아무도 알 수 없지만, 그분이 무엇을 바라셨을지 상상해 본다. 살아있는 것이 너무 힘들었던 그 많은 이유를 생각할 때, 사랑이 부족한 상황에서 벗어나고 싶었을 것 같다. 삶의 산소는 사랑이다. 그러나 그곳에는 이산화탄소만 가득했던 것 같아서 아프다.

'교사는 한 학교에서 최대 5년 동안 근무할 수 있다' 는 규정이 있다. 그들이 학교를 옮기는 기준은 여러 가지이며, 이는 각 교사가 개인적으로 결정하게 된다. 20여 년 전에, 시골에 있는 한 학교에서 근무하던 나는 도시로 이동할 수 있는 조건이 갖춰졌음에도 불구하고, 왕복 2시간이라는 거리를 1년 동안 더 이어갔던 적이 있다.

이런 결정을 한 이유는 동료 교사들과의 인간관계가 너무 좋았기 때문이다. 매일 아침 출근하여 그들을 만나는 것은 큰 즐거움이었다. 또한, 어떤 교사들은 학생들과 따뜻한 교류와 그들에 대한 애정 때문에 그 장소에 머무르기를 선택하기도 했다. 그 교사들은 지금은 모두 퇴직하거나 소천하였지만, 그들과의 연결은 여전히 강하게 느껴진다. 이런 인간적 연결은 '사랑' 이라는 강력한 감정과 얼마나 깊게 연관되어 있는지를 보여 준다. 그리고 이러한 감정이 바로, 매일 장거리를 이동하며 몸이 피곤해져도, 그것을 거뜬히 감수할 수 있는 힘을 준다.

교사들이 눈에 띄게 지치고 있다는 것이 눈에 보인다. 무표정한 교사들이 점점 늘고 있는 것 같다. 스트레스의 극한에서 나타나는 무표정과 무감각은 정말 무서운 것 같다. 에너지의 관점에서 보면 이것이 전파되어 점점 더 많아질 테니까. 나도 가끔 이를 자각하게 되는데, 그럴 때마다 퇴직 계획을 생각해 보곤 했다.

아이들은 이제 학교 교사에 대한 특별한 감흥이 없는 것 같다. 이런 상황에서도 교사들은 여전히 '소명 의식' 이라는 부담을 벗어나지 못하고 있다. 교사를 단지 한 직업으로만 보았다면, 아마도 덜 상처받았을 것 같아 자괴감이 든다. 사회는 교사를 사람이 아닌 성직자로 여기고 있어서 교사가 이 부담을 감당하느라 지쳐가는 것 같다. 학생과 학부모는 고객이고, 그들은 실제로 왕처럼 군림하기도 한다. 교사가 된 이유는 고객을 모시기 위해서가 아니었는데 말이다.

만약 나에게 지금 가장 가고 싶은 곳을 묻는다면, 그 답은 '어디라도 좋아, 그냥 엄마가 계신 곳' 이다. 왜냐하면 엄마는 나에게 사랑의 대표이자, 가장 큰 위로이기 때문이다. 엄마의 사랑을 느낄 때마다, 그 사랑이 얼마나 진심인지 의심할 여지가 없다. 엄마는 내 삶의 가장 큰 영웅이다. 엄마가 지금 계신 곳이 어디든, 거리가 멀어도, 그곳은 항상 가까이 느껴지는 곳이다. 그게 바로 사랑이 주는 '살아가는 희망' 의 매력이다.

학교는 아이들에게 희망을 노래하고, 꿈을 키워주는 곳이 되어야 한다. 학교가 경쟁의 장으로 변하거나, 사람들이 내 아이만 잘 봐달라고 부탁하는 곳이 되면, 교사들의 웃음소리가 들리지 않게 된다. 교사도 사람이다. 교사들이 아이들의 미래를 위해 노래하도록 돕는 것은 우리 모두의 책임이다. 교사의 초봉 수준을 알면 그들의 헌신에 더욱 놀라게 될 것이다. 그런데도 교사들은 아이들을 위해 최선을 다하고 있다. 이런 교사들의 노력을 인정하고, 그들이 아이들에게 희망을 노래할 수 있도록 함께 응원해 주는 것이 우리 사회의 역할이다.

만약 세상이 사랑이 넘치는 아름다운 사랑의 장소였다면, 천국을 그릴 필요도 없었을 것이다. 그러나 현실속 우리의 세상은 어려운 곳이다. 이러한 어려움 속에서 우리는 어머니를 통해 이 어려운 세상에 태어난다. 이런 어려움이 가득한 세상에서 성경의 '사랑하라'는 말은 '그렇게 해야 살아갈 수 있다'는 깊은 가르침이다.

학교에서는 기초지식 외에도 사랑법을 가르쳤으면 좋겠다. 똑똑해지는 법이 교과서에 가득하다는 것은 아쉬운 현실이다. 학교는 인생의 본질, 즉 사랑, 친구, 소통 등 중요한 것들을 배우는 장소이어야 하는데, 대신 '더 잘해야 한다'는 메시지가 가득하다.

아이들에게 필요한 것은 사랑하는 방법을 배우고 체험

하는 것이다. 그것이 학교 혁신의 모토가 되었으면 좋겠다. 학교가 어려워진 지금, 우리가 무엇을 배워야 하는지보다 더 중요한 것은 서로 간의 관계를 즐기는 것이다. 학교의 문제점을 더 잘 이해하는 것이 중요하다. 소를 잃고도 외양간을 고치지 않는다는 말이 생각난다. 학교를 다시 세우는 데는 30년 이상이 걸릴 것이다. 지금의 학교는 교사들이 한꺼번에 무너져 내리고 있는 어두운 곳이어서, 정말 말이 안 된다.

교사의 권위는 부모의 권위를 보호하는 최전선이다. 아이들이 교사의 권위를 존중하지 않으면, 부모의 권위도 존중하지 않을 가능성이 높다. 권위는 권력과는 다르게, 우리를 보호하고 질서를 유지하는 보이지 않는 선이다. 그런데 그 선이 몇몇 목소리가 큰 학부모들에게 흔들리면, 교사는 손을 놓을 수밖에 없다. 교사에 대한 부모들의 생각은 아이들이 교사를 어떻게 대하는지 보면 알 수 있다.

'남에게 대접받고자 하는 대로 남을 대접하라' 는 황금률을 기억하는 것이 교사도, 부모도, 아이도, 교육 공동체가 사는 길이다. 권력 위에 권위, 즉 사람이 먼저여야 삶의 중심을 잡을 수 있다. 아이들이 난폭해지는 것은 그들이 위기의식을 가지고 있기 때문일지도 모른다.

지구의 중력처럼, 보이지 않지만 인간 사회의 중심을 잡기 위해 부모와 교사의 권위를 회복하는 것이 중요하다. 권력이 없어도 권위 있는 어른이 되고 싶다는 아이들, 그런 아이들이 많아진다면 좋겠다. 사랑은 받아야 줄 수 있다. 채워야 비움이 가능하니까. 교사를 향한 위로, 사회로부터의 격려가 그 어느 때보다 바로 지금 필요하다.

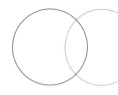

깨어 있는
교사가 되는
방법은?

●

　코로나19 팬데믹은 일상을 완전히 바꾸어 놓았고, 이에 따라 세상이 얼마나 빠르게 변하고 예측이 어려운지를 더욱 뚜렷하게 깨닫게 되었다. 이런 상황은 모두에게 새로운 도전을 던져준다. 이런 변화에 어떻게 대응하고 적응해 나갈 것인지 배우는 것은 매우 중요한 여정이며, 특히 방학이 끝나고 새 학기가 시작되는 시점에서 그 중요성이 더욱 강조되고 있다.

　이 시기에 학생들을 위한 새로운 방향을 설정하고, 그들에게 어떤 희망을 전해줄 것인지 고민이 더욱 깊어지게 된다. 그런 고민 속에서 '마지막 수업'에서 '생각하는 사람'이라는 주제가 눈에 띈다.

　"선생님, 일상에서 어떻게 생각하는 사람이 될 수 있을까요?" 아이들이 궁금해하며 묻는 질문에 이어령 선생의 답변은 생각을 깊게 해준다.

"잘못된 정보에 속아 넘어가지 않도록, 스스로 생각해 보고, 질문하며, 진실을 찾아가는 연습을 해보세요. 세상을 마치 우리 아이들처럼 투명하게 바라보고, 그렇게 생각해 보세요."

이 말은 처음에는 간단해 보일 수 있지만, 천천히 음미해 보면 그 안에 담긴 깊은 의미와 가치를 발견하게 될 것이다. 그럼, 교사들이 찾아야 할 진실이라는 건 무엇일까? 빠르게 변화하는 이 세상을 이해하려는 것일까, 아니면 아이들에게 세상이 어떻게 보이는지 물어보는 것일까?

'어린아이처럼' 이라는 말에서 찾을 수 있는 답이 있다. '어린' 아이라는 말이 강조하는 것은 세상을 바라보는 그들만의 청정한 시각과 순수한 호기심이다. 이것은 세상을 바라보는 새로운 방식을 제시하고, 간과하거나 잊어버린 것들을 다시 상기시켜 주는 역할을 한다.

1학년 수업을 진행하다 보면, 아이들의 귀여운 발언을 종종 듣게 된다. "선생님, 배가 고파요." 이 말은 단순히 배가 고프다는 표현을 넘어 '배가 고픈데 공부해야 하는 이유가 뭐예요? 공부가 그렇게 중요한 건가요?' 라는 존재적 물음일 수 있다. 이것은 아이들만의 독특하고 깊은 철학으로, '인간이 무엇을 위해 살아가야 하는지'에 대한 질문이다.

어른이었다면 배가 고파도 큰 소리로 말하지 않았을 것이나 아이들은 다르다. 그들은 자신의 감정을 숨기지 않는다. 이것이 바로 '어린아이처럼' 생각하고 살아가는 것을 보여주는 예다. 이런 아이들의 생각은 세상을 바라보는 방식에 축복 같은 변화를 불러오고, 삶에 새로운 가치를 부여해준다. 어른들이 보는 세상과 어린이가 보는 세상, 그 둘이 다를까? 아이들의 세상을 이해하는 것, 그게 바로 교사로서 가장 중요한 역할이라고 나는 생각한다.

어렸을 적에 나는 교사가 되고 싶었다. 왜냐하면 그럼 숙제를 안 해도 되니까.

어린 친구들이 숙제 대신에, 다음 날 학교에 가면서 물어보고 싶은 질문을 하나 생각해 오는 건 어떨까? 그리고 다음 날 수업에서는 그 질문을 함께 토론하면서 배우는 것이 그날의 학습이 되게 하는 거다. 현재의 학교에서 교과서와 교사가 중심이 되어 아이들이 방학을 너무 기다리는 것은 좀 아쉽지 않은가?

학생들은 친구들과 이야기 나누는 것을 매우 좋아한다. 수업 후기에서도 학생들이 친구들과 이야기 나누는 시간을 즐겼다는 글을 본 적이 있다. 친구들과 이야기 나누는 것을 좋아하는 학생들을 위해, 시간을 충분히 주어야 한다.

학생들이 좋아하는 교사는 재미있게 가르쳐 주는 사람이다. 게임을 좋아하는 학생들에게는 게임 시간도 줘야 한다. 독서 수업, 게임 수업이 정규 시간에 있으면 안 될까?

학생들이 스스로 공부하고 싶어서 학교에 오는 날이 언제인지 궁금하다. 학생들이 즐겁게 놀면서 그 속에서 생각하고 소통하는 능력을 키울 수 있는 학교가 되어야 한다.

6학년 수학여행에서 가장 사랑받은 장소는 에버랜드다. 재미있는 곳에서 친구들과 보내는 투박한 시간과 숙제 걱정이 없는 행복이 그 이유겠다. 학생들의 순수한 감성이 쑥쑥 펼칠 수 있도록 학교를 바꿔보는 것은 어떨까? 학생들이 원하는 학교가 무엇인지 그들에게 꼭 물어봐야 한다. 어른들의 생각으로 만들어진 학교에 그나마 학생들이 매일 등교해 줘서 정말 감사할 지경이다.

교실은 '각자' 맞춤 학습을 즐기는 곳과 '서로 함께' 즐겁게 학습하는 곳으로 나누어져야 한다. 재미있게 놀면서 생각도 잘 자라는 것이지만, 미세먼지나 바이러스 때문에 학생들이 충분히 즐겁게 놀지 못하고 있다.

학생들이 대화할 때 대부분 비속어를 쓴다는 것을 알고 있을 것이다. 비속어를 많이 사용하면 계획성이나 인내심이 부족하다는 연구 결과가 있다. 자기 제어 능력도 조금 낮을 수 있다. 학교에서 중요한 가치를 가르치는 노력이 서서히 줄어들고 있다. 학생들이 마음에 들어하는 환경을 제공하지 못하는 학교가 문제인지, 함께 고민해봐야 한다.

미세먼지와 바이러스로 인해 학생들이 외부에서 마음껏 뛰어놀 수 없는 상황이 정말 안타깝다. 학생들의 생각하는 시간, 소통하는 시간, 그리고 서로를 이해하는 시간이 줄어들었다. 이런 상황 때문에 학생들이 스트레스를 풀기 위해 욕설이나 폭력을 사용하는 것은 아닌지 걱정이 크다.

학생들이 놀면서도 잘 자라는 환경을 만들기 위해 노력하고 연구하는 학교가 된다면 부모님들이 안심하고 학교를 선택할 수 있을 것이다. 학생들이 가고 싶어하는 학교가 되기 위해, 학습과 놀이의 완벽한 균형을 이루는 학교를 목표로 삼아도 아주 좋다. 현실을 안아 주며 학생들에게 재미있는 교실, 재미있는 수업을 준비하려고 노력하는 모습은 정말 멋지다. 학생들의 웃음소리, 건강한 발걸음 소리를 들으면서, 그런 행복한 모습을 보는 것이 얼마나 행복한 일일지 상상할 수 있다. 교사가 모든 것을 간섭하고 이끌어 가려 하지 않고, 학생들의 처지에서 생각하는 교사가 더 많아지기를 간절히 바란다.

학생들이 솔직하게 감정과 생각을 나눌 수 있는 편안한 교실 분위기를 만드는 것이 얼마나 중요한지, 우리는 뼈저리게 알고 있다. 학생들이 스스로 생각하고, 대화하고, 동정하며, 세상을 이해하는 능력을 키우는 것이 바로 교육의 핵심이다. 어른들의 알아차림이 절실하다.

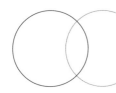

프레임을
벗어나도
좋은 이유는?

●

일상에 존재하는 프레임은 작은 함정처럼 느껴질 수 있다. 이는 '반드시 이렇게 해야 한다' 는 강박감이 부여된 고정된 틀이기 때문이다. 이런 고정관념, 즉 프레임을 벗어나려면 생각하는 방법을 바꾸고, 질문하거나 대화하는 것이 가장 효과적이다.

이어령 선생의 통찰력 있는 이야기를 아이들에게 전하고 싶다.

"우리 모두가 얼마나 많은 프레임에 갇혀 있는지를 깨닫는 것이 중요하다. 아이들의 눈으로 보면 직관적으로 알 수 있다. '이상하다!' 라는 생각이 들 때, 그것은 실질적으로 새로운 인식의 시작이다. 나는 어릴 때 가졌던 궁금증의 답을 40년 후에 신문의 과학 칼럼을 통해 알게 되었을 때의 기쁨은 환희 그 자체였다."

어른이 되면, 자신이 어떤 것에 갇혀 있다는 것조차 모르고 살곤 하지만 아이들은 아직 굳어지지 않은 상태이기에 틀을 깨는 질문, 이해할 수 없는 질문을 할 수 있다.

'어미새는 어떤 기준으로 새끼에게 벌레를 나눠주는가?' 이런 질문을 통해, 어미새가 가장 크게 입을 벌린 새끼에게 먼저 먹이를 주는 것을 알게 되었다. 그 순간은 단순히 알게 된 것 이상의 의미를 가지고 있었다. 그것은 '새로운 지식의 탄생이었다' 는 말에서도 질문을 가진 아이가 누릴 수 있는 세상은 즐거움 이상임을 느끼게 된다.

학교에서는 '복도에서 뛰지 마라, 잔디밭에 들어가지 마라' 라는 말을 의심 없이 사용한다. 이는 당연한 말이지만, 왜 지키지 못하는가며 꾸짖기도 한다. 이는 묻지도 따지지도 않고 지키라는 명령이다. 그러나, 가끔 그런 규칙을 지키지 않는 아이들이 있다. 그 아이에게 왜 그랬는가 물으면, '잘못했다' 라는 표정을 보게 된다. 당연하다는 것이 프레임이라면, 프레임을 가진 사람은 프레임이 없는 사람에게 질문의 기회를 줄 수 있다. 아이가 스스로 납득하면 더욱 잘 지킬 수 있다.

"복도에서는 왜 그렇게 해야 하나요?"

"공부할 때, 복도의 소리가 시끄러웠던 적이 없나요?"

"아, 가끔 애들이 시끄러울 때가 있었어요."

"그때 기분은 어땠나요?"

"짜증났죠."

"그렇다면 복도를 다닐 때는 어떻게 해야 좋을까요?"

"소리가 들리지 않게 다녀야 할 것 같아요."

"교실에 아무도 없을 때는? 그때는 뛰어도 되지 않을까?"

"그럼요. 아무도 없으면 상관없으니 그래도 되겠어요."

이런 대화가 이루어져야 하는 곳이 학교다. 프레임이 함정이 아니라 생각의 결과가 되는 곳이어야 한다. 그래야 '복도에서는 뛰지 말아야 하고, 책상 위에 올라가면 안 되며, 화단에 들어가서도 안 된다' 라는 것들은 상식이 된다. 아이들이 아직도 복도에서 뛰거나, 책상 위에 올라가거나, 화단에 들어가고 싶어 한다면, 그것이 아이들에게는 함정이라서 저항하고 싶어 하는 것일지도 모른다. 학급 규칙을 만들 때도 아이들이 질문하고 답하며 이해하게 해야 한다.

어느 날, 6학년 학생이 설문지를 들고 왔다. '학교의 엘리베이터를 학생이 타도 좋은가?' 라는 질문에 답해 달라고 했다. "편리함을 위해 필요하면 언제든 타도 된다고 생각한다"라고 답했다. 그러나 "선생님, 저는 다르게 생각해요. 저번에 1학년 아이가 혼자 엘리베이터를 타다가 신발이 벗겨져서 큰일 날 뻔한 뉴스를 봤어요. 그러니 학교 엘리베이터는 학생들이 타지 못하도록 해야 해요"라고 단호하게 반박하는 것이었다.

그 순간, 당황스러움과 기특함이 동시에 올라왔다. 과거의 프레임을 벗어나 새로운 프레임을 입었더라도 다른 사람과 소통하다 보면 또 그 틀이 벗겨지게 된다. 매일 자신을 프레임에서 벗어나게 하면 세상을 바라보는 시야가 넓어진다. 그리고 그런 시야가 더 큰 세상을 만들어 낸다.

매일매일 질문하며, 생각의 깊이를 더하고, 세상을 바라보는 시야를 넓히는 연습을 해야겠다. 이것이 바로 세상을 바꿀 힘, 즉 '프레임을 벗어나는 길'이다.

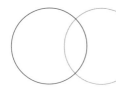

피드백은
동료에게
어떤 힘인가?

•

교사가 먼저 자신에게 있었던 경험을 말했다. 어떤 이야기인지 물었을 때, 아이들은 '어이없는', '즐거운', '속상한', '웃긴' 등을 느꼈다고 말했다. 아무래도 교사는 '어이없는' 이야기로 준비했던 듯하다. 세 명의 아이는 자신만의 이야기를 준비하고 있었으나, 아직 일곱 명은 '생각 중'이었다. 생각이 빨리 났던 아이들에게, 다른 아이들이 아이디어를 생각해 낼 수 있도록 도와달라고 요청했을 때, 아이들은 모여들어 도움을 주었다. 사람은 본질적으로 공유하고 싶어한다. 단지 기회가 부족할 뿐이다. 도우면서 아이들은 자신의 이야기를 풀어놓고, 다른 아이들의 이야기를 듣는 시간을 가질 수 있었다.

말하기와 듣기 교육은 자주 교류하면 해결책을 찾을 수 있다. 다음과 같은 질문을 가르치는 것이 유익하다.

"너의 이야기를 들려줄래?"

"잘 들었어. 들려주어서 고마워."

"이번에는 내 이야기를 들어보겠어?"

A 교사 참관록

　　이야기할 때 어떤 질문을 할지 연습하고 순서를 쉽게 알 수 있게 안내함으로써 활동이 원활히 진행되었다. 이를 기반으로, 이야기를 나누는 순서와 방법까지 더욱 상세히 안내할 필요성을 느꼈다. 책을 읽기 전에 제목을 상상하고, 책과 관련된 배경지식을 그림과 함께 제공하였다. 이번 활동에서는 책을 읽고 내용만 이해하는 것이 아니라, 책을 읽기 전에 충분히 이해하게 함으로써 깊은 깨달음을 얻었다. 작가의 이름과 사진까지 소개하여 책 읽는 즐거움을 경험하였다. 《숲속의 재봉사》라는 책 한 권으로 이렇게 흥미로운 수업을 진행할 수 있다는 사실이 놀랍다. 다른 책들이 어떤 내용을 담고 있는지 기대된다.

　　참관한 선생님이 무엇을 배웠는지 알 수 있는 참관록이다.

B 교사 참관록

　　동기를 유발하며, 친구에게 자신의 이야기를 들려주어 기억을 되살렸다. 《숲속의 재봉사》 이야기를 들려주기 전에 '숲속', '마인드맵'으로 개념을 떠올리고, '재봉사'의 뜻을 그림으로 이해하게 하였으며, 친구들에게 설명하는 부분이 인상적이었다. 이야기를 듣기 전에 상상을 끌어냈다. 《숲속의 재봉사》 읽기를 할 때는 모두 함께 읽으면서 질문하는 모습이 인상적이었다.

읽는 소리와 쓰는 글자의 차이도 알려주었다. 학습지의 그림들이 이야기로 연결되었다.

읽는 소리와 쓰는 글자의 차이는 국어에서 아이들이 가장 이해하기 어려워하는 부분 중 하나다. 친구들과 이야기를 나누게 한 것은 기억을 회상하려는 것보다는 말하고 듣는 태도의 교육이 목적이었다. 단어를 이해시킬 때 그림을 제공하고 그림의 내용을 말로 설명해 보게 하면 아이들은 단어의 뜻을 쉽게 스스로 설명한다.

C 교사 참관록

친구에게 들려줄 실제 이야기를 나눌 때 아이들이 규칙에 따라 열심히 하는 모습이 기억에 남는다. 돌아다니며 친구들이 쓴 것을 보고 다닐 때 장난을 많이 칠 것 같았지만 생각보다 다른 아이들의 이야기에 관심이 많았다. 그림을 그리면서 이야기를 읽으니, 학생들의 상상력이 자연스럽게 자극된 것 같다.

아이 중에는 규칙대로 하려는 측과 그렇지 않은 측이 존재하며 규칙대로 하는 아이들 쪽으로 이끌려간다. 짧은 글한 편을 마치 전체 책을 읽는 것처럼 진행해 보았다. 그림이 떠오를 때쯤 그리기를 하고, 몸이 움직이고 싶을 때쯤 동작을 하며, 생각이 만들어질 때쯤 글로 써 보게 하였다.

2018년부터 온 책 읽기가 시작되었다. 일률적으로 지시하는 교육부를 보면서 교사들을 어떤 존재로 보는지 궁금해진다. 창의성 교육을 강조하면서 지시하는 것은 여전히 아이러니하다. 교사들에게 맡길 때도 있었지만, 지시하는 방식은 여전히 과거에 머물러 있는 퇴보적인 느낌이다.

D 교사 참관록

주말에 있었던 일 중에서 이야기를 생각하고, 뒤로 물러나고, '이야기를 들려주기' 의 기준(절차)을 제시하고, 노래를 부르며 이동하고, 친구를 만나 이야기를 하고, (평가) 기억에 남는 이유를 적어 확인받았다. '숲속 재봉사' 라는 단어의 의미를 생각하고 이야기를 하였고(숲, 재봉사), 이야기를 소리 내어 읽어가면서 단어의 뜻이나 제대로 읽는 방법 등을 배웠다. 오징어의 무지개 색깔의 양말을 상상하여 그려보았다(평가), 모자를 쓴 사자를 그렸고, 치마를 입은 토끼를 그렸고, 그림을 보면서 궁금한 것을 물어보았고, 동물들의 춤을 따라 하였다.

수업의 진행 그대로를 적었다. 무엇을 느꼈는지 수업자로서는 알 수 없어서 아쉬웠다. 관찰록은 수업자에게도 의미가 있어야 한다. 참관자의 생각이 그것이다.

E 교사 참관록

이름을 소개하게 하라는 것을 학생이 제안하였을 때 무시하지 않고 수업의 과정으로 인정해 주었다. 단원에서 공부해야 할 내용을 간단한 단어로 설명해 주었다. 색종이로 노트를 만들고 기억에 남는 책 제목과 인상적인 부분을 쓰면서 도장을 찍어주는 가운데 자율적으로 하도록 기다려 준 부분이 여유를 느끼게 했다. 동영상을 보면서 질문하고 대답하는 장면이 즐겁고 재미있었다. 흥분하면서 동영상에 몰입했다. 여러 가지 모양의 도장으로 호기심을 유발하였다. 모두 정답이라고 인정해 줄 수 있는 노트가 학생들이 더욱 적극적으로 활동하게끔 도왔다.

첫 시간이라 수업자의 이름을 학생들에게 소개했더니 대뜸 우리도 하면 안 되냐고 외쳤다. 생각에도 없던 이름 소개를 진행하였다. 그런데 관찰한 교사가 '무시하지 않고'라는 지점을 찾아내 주어서 고마웠다. 개인차가 나는 학생들이라 빠르고 느림이 있었지만, 확인 도장을 들고 기다려 주었다. 여유로운 느낌을 주었다는 것과 모두 정답이라고 인정해 준 것을 짚어낸 교사의 안목에 감사했다. 수업 후 피드백에 수업자가 미처 모르는 의미 지점이 들어가니 '헛된 수업이 아니었구나'라는 언어의 다독거리는 힘이 성큼 내 가슴에 다가왔다.

F 교사 참관록

책을 읽는 동안 그림을 먼저 읽고, 글을 한 줄씩 읽어서 지루하지 않았다. 학생들의 반응에 "하하하~그랬을까?" 하고 한 마디 하고 넘어가니까 수업 흐름이 자연스러웠다. 글을 읽을 때는 이렇게 읽어야겠다. 그림을 자세히 읽지는 않았었는데 말이다. 참 많은 힌트가 그림 속에 있다는 것을 새삼 알았다. 재미있었던 장면을 말하게 하고, 책을 읽고 재미를 나누는 이유를 생각해 보게 하는 장면에서 '교육적인 효과' 즉, 재미있는 부분을 서로 나눌 필요가 있다는 것을 알게 되었다. 참 배울 점이 많은 시간이었다. 판서 글씨가 예뻐서 닮고 싶다. 방학 동안 글씨를 바르게 쓰는 것을 연습하고 싶다.

그림책에는 글과 그림이 반반 있다. 어쩌면 그림이 더 크게 차지할 수도 있다. 간단한 글만 중점적으로 읽었다면 그림책 특성상 그림을 통해 글로 다 표현하지 못한 것들을 상상해 보는 것이 중요할 것이다. '그림 속에 많은 힌트가 있다'는 것을 발견한 선생님의 마음은 열려 있다.

G 교사 참관록

모든 학생이 '한 줄씩 읽기'를 하면서 글의 내용에 집중하다가 금세 소란스러워졌다. 1학년 3반의 성격이 그런 것 같다. 친구들이 순서대로 책을 읽거나 간섭하면서 빨리 읽으라고 재촉했다. 학생들끼리 번갈아 읽기를 했는데, 전래동화 한 권을 골라서 읽는 소리가 좋았다. 색종이를 이용한 '끄적끄적 학습지'에는 특별한 양식이 없어서 학생들이 자유롭게 작성했다. 친구가 설명하는 괴물 찾기를 할 때는 괴물의 모습을 상상하며 흥미를 느꼈다.

한 줄씩 읽기는 낭송과 같다. 모든 학생의 소리가 일치

하는 순간, 말로는 표현할 수 없는 동지감이 솟아난다. 잘하는 학생은 시키지 않아도 크게 읽고, 못하는 학생은 작게 읽는다. 1학년 학생들의 눈에서는 "잘하죠?" 또는 "난 잘 못해요"라는 비언어가 두 가지로 나뉘어서 전해진다.

H 교사 참관록

'떡시루 잡기' 이야기가 학생들의 흥미와 관심을 잘 끌어냈다. 학생들이 돌아가면서 책을 읽는 동안, 집중하였다. 여러 가지 동화책 그림 표지를 모두 함께 하나하나 살펴보며 상상력을 자극하는 질문을 통해 상상해 보도록 하는 시간이 좋았다. 괴물의 모습을 설명하고 맞히면서 학생들이 머릿속에서 열심히 상상하는 것을 느꼈다.

동화책 표지를 훑어보는 것은 학생들에게 호기심을 주기 위함이었다. 나아가 도서관으로 자연스럽게 찾아가는 마음을 불러일으키고 싶었다. 참관한 교사는 그것을 '상상력 자극'이라고 보았다. 상상력은 인간의 특권이자 초능력의 세계를 맛보는 일이다. 눈에 보이지 않아서 늘 같은 일상을 사는 학생들에게 책 속에 무궁무진한 세계가 있음을 안내하고 싶은 열망이 있었다.

| 교사 참관록

스스로 8절 색 도화지에 학습지 만들기, 여러 가지 책 중에서 자신이 스스로 1권 선택 후, 학습지에 제목, 인물, 재미 찾기를 했다. 이때 교사가 시범을 보여주었다. 학생들이 완성을 하면 별도장으로 확인해 주었다. 둘씩 짝을 지어 자기가 읽은 책의 내용을 나누었다. 둘씩 짝지어 짝의 설명을 듣고, 짝이 말하는 괴물 찾기를 했다. 횟수를 거듭할수록 친구가 설명하는 방식을 모방하였다. 소리를 듣고 맞추기도 했다. 역시 상상력을 자극하는 활동이었다.

《별을 삼킨 괴물》을 보고, 재미있었던 장면을 친구와 이야기하게 했다. 책에 나온 인물의 모습을 상상하게 하고, 설명을 듣고 상상하게 하고, 소리만으로 상상하게 하고, 어떤 이야기인지 상상하게 하였다. 그것도 재미있게 말이다. 상상과 재미라는 두 가지에 초점을 둔 수업이었다.

한 사람은 괴물을 볼 수 있었고, 다른 사람은 볼 수 없었던 상황에서, 친구의 설명을 통해 해당하는 괴물을 찾았다. 점차로 친구의 설명 방식을 모방하여 설명을 잘하게 된 것을 배움이라고 봤다는 관찰은 탁월한 시각이었다.

J 교사 참관록

다소 엉뚱하고 수업과 관련 없는 학생의 말이나 행동에 적극 반응해 주시는 모습이 인상적이었다. 단원 공부에 앞서 낱말의 뜻을 학생들의 생각을 중심으로 충분히 이해시키는 활동이 좋았다. 학생들이 어수선한 상황에서 동화책을 제시하며 궁금증을 유발하여 순간적으로 주의 집중하는 것이 기억에 남는다. 바른 글씨 쓰기를 강조하니 학생들이 학습지 작성을 꼼꼼하게 하려고 노력했다. 학생들의 상상력을 자극하는 다양한 영상 자료가 좋았다.

어떤 말을 하는 사람은 자신의 입으로 출력된 하나의 생각을 하고 있다고 볼 수 있다. 우리가 입으로 내놓은 말들은 상대가 들어주지 않으면 쓸쓸하게 다시 가슴으로 돌아간다. 우리가 생각하는 것보다 훨씬 많이 들려오는 말을 무시하거나 허공에 외친 소리가 되는 일이 많다. 바쁜 걸음을 멈추고 귀를 빌려주는 것이 4차 산업혁명 시대에 더 필요하다. 너무 많은 눈과 귀가 사람이 아닌 인터넷으로 향하고 있어서다. 인간이 인간을 소외시키면 AI가 판치는 세상은 상당히 두려워진다.

K 교사 참관록

글자에 색을 입혀 학생들의 마음을 열게 한 것은 좋은 발상이었다. 인물과 상상 등 낱말의 뜻을 확실하게 지도하였다. 아이들이 재미있고 행복하게 수업하는 모습이 감명 깊었다. 멋진 수업을 보고 배워서 감사하다. 움직이고 이야기하는 아이들! 굿!

단원 주제가 한 줄로 제시되면서 중요한 키워드마다 다른 색이 부여되었다. 각각의 글자는 쉽지만, 글자들이 연결되어 생각을 조금 해야 하는 문장으로 변한다. 이는 내가 가장 중요하게 생각하는 수업 진행 방식 중 하나이다.

L 교사 참관록

단원 소개하며 인물, 말, 행동, 상상에 관해 이야기하고 마지막에는 상상을 직접 해보면서 상상하여 만든 책의 소중함을 말해 주었다. 학습하고자 하는 의욕이 솟아났다. 이렇게 수업의 흐름을 생각하는 것이 참 어려운데 수석 선생님 참 멋지다! 아이들의 평범한 대답에 너무 재미있고 멋진 대답을 해주셨다. 책 소개 그림을 만드는 것을 아이들과 차근차근 하나씩 알려주셨다. 친절한 설명이 필요하다는 것을 깨달았다. 사소한 자기 이야기

한마디를 하는 것만으로도 아이들이 매우 기뻐했다. 재미있는 동화를 보면서 인물, 말, 행동에 관해 얘기 나누는 시간이었다. 감동이었다.

'상상하여 만든 책의 소중함'은 결국 인간 존중의 기초가 된다. "다른 사람의 생각에 귀를 기울이면, 그로 인해 행복해질 것이다" 만일 1학년 학생들의 '사소한 말'을 무시한다면, 그 학생의 1년 동안의 삶은 완전히 비어버릴 것이다. '사소한 이야기를 잘 들어주었다'는 피드백은 매우 소중하다. 인간은 누군가의 피드백에 의해 자신을 성장시킬 용기를 얻는다.

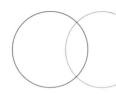

아이들의
삶은
어디에 드러나는가?

•

주말에 있었던 일을 친구와 나누게 했다. 경청하는 것에 대한 학습과 말하고자 하는 욕구까지 풀어주고 싶어서였다. 월요일 아침부터 입과 귀를 열어준 아이들에게 감사한 시간이었다. 여기저기 짝을 지어 웃기도 하고 손뼉도 치며 길게 또는 짧게 주고받았다. 서로 마주 보며 이야기를 나누는 모습이 어른이 될 때까지도 잘 이어졌으면 하는 바람이 들었다.

이번에는 글로 써보라고 했다. 교회에 다닌다는 아이는 햄버거 간식을 먹은 이야기가 제일 기억에 남았다고 썼다. 교회에서는, 오는 아이들에게 늘 양질의 제품을 제공하길 바란다. 이 친구의 말을 듣는 아이는 어쩌면 부러움이 가득 느껴졌을 것이다. 주말만이라도 아이들과 나들이하는 부모가 되는 것이 필수였으면 좋겠다. 풍부한 가정에서의 경험은 학교 수업에서 종종 수업의 자료로도 쓰인다.

이야기 속에 등장하는 글에 오징어는 무지개 양말과 구두를 신고 친구들에게 뽐내고 싶다고 나와 있다. 아이들이 상상화를 그리는 시간은 책이 주는 즐거움으로 나아가는 길목과 같다. 누군가 이 그림을 보더니 초록색이 없어서 무지개 양말이 아니라 했다. 비평가가 등장하는 순간이어서 혼자 속으로 웃었다. 혹 지나가는 한순간의 한마디가 어떤 사람에게는 직업으로 이어지기도 한다.

빈번히 일어나는 일이지만 아이들의 말에 귀를 기울이면 별천지를 만나게 된다. 무지개 양말이어야 하는데 구두에서 보라색으로 마무리되었다. 구두 그리는 것을 잊었거나 보라색 양말을 좋아하거나 그럴 것이다. 아이의 그림은 때로 다 표현되지 않아서 그 아이의 말까지 들어봐야 제대로 읽힌다. 뽐내러 갈 준비가 다 된 오징어의 표정에서 아이의 기대감이 오징어 얼굴 속에 다 보인다.

무당벌레 도장으로 칭찬해 주었다. 아이들의 삶은 표현 속에 묻어나온다. 그래서 "아버지는 뭐 하시니?"라는 말도 생겼을 것이다.

아이들이 자주 짓는 표정, 아이들이 표현하는 말투, 아이들이 서로 놀이하는 모습, 식사하는 모습, 쳐다보는 눈길,

날마다 변화하는 옷차림, 책을 관리하는 솜씨, 목소리의 크고 작음, 친구의 말을 소중하게 여기는 태도 등에 가정에서 어떻게 살고 있는지 아이의 삶이 고스란히 드러난다. 그래서 아이가 밝으면 그 밝은 가정을 만들기 위해 힘썼을 부모님을 떠올리며 그들을 존경한다.

부모의 손길이 아이의 학습에 어떻게 영향을 주는지 가끔 볼 수 있는데 방치된 아이들을 만날 때는 안타깝다. 아이들은 순식간에 커버린다. 어린 지금이 가장 돌봄이 필요하고 가르침이 잘 먹히는 시기다. 그때를 교사와 부모는 놓치지 않아야 한다. 갓난아이였을 때 사진을 많이 찍었듯이 계속해서 사진을 찍어 남겨야 한다. 그것은 그 시절을 소중히 여기는 부모의 관심이 살아 있기 때문이고, 관심은 곧 사랑이기 때문이다. 아이가 옆에 있을 때 힘을 내고 사랑해 줘야 한다. 부모의 사랑이 아이들의 삶의 모양을 만들어 준다.

내일도 교실에는 웃지 않는 표정으로 아침을 거른 채 퀭한 모습으로 어쩔 수 없이 학교에 오는 아이들이 올 것이다. 온몸으로 재미없는 자신의 삶을 뿜어대면서 아이들은 가족이라는 옷을 몸에 걸치고 자기 삶의 빛깔을 드러낸다.

마음이 측은해져서 글씨를 잘 쓰지 못하거나, 말하기 싫어서 고개를 저어도 아무 말도 하지 않는다. 그저, 잘하고 있다고 말해준다. 아이들에게는 결코 공부가 전부가 아니다. 어렸을 때는 받은 사랑이 어느 정도인가를 다뤄야 한다. 어쩌면 사랑을 채워 주는 것에 집중해도 과하지 않다. 안정된 애착, 여기에 아이들을 대하는 답이 있다. 감정이 안정된 뒤에야 배움이 비로소 그 아이들에게는 가치로 다가오게 된다.

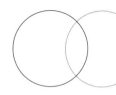

선택과 존중이 삶에 미치는 것은?

●

아이들에게 마음대로 앉아서 책을 읽어보라고 하면 여러 가지 모습이 나온다. 건강에 좋지 않다는 '엎드려 읽기'도 나온다. 잔소리 대신 그들이 선택한 이 방법을 존중하면 웃음이 나온다. 다리를 꼬고 앉은 아이들도 보인다. 그렇지만 그 아이의 선택을 존중하면 아름답게 보인다.

자유롭게 선택한 각자의 위치와 모습을 보면서 사람을 존중한다는 것은 선택에 자유에 있음을 알게 된다. 자주 듣는 말 중에는 '존중받아야 존중할 줄 안다' 는 말이 있다. 과거에 반 정도의 지지로 선출된 대통령은 반 정도의 지지는 얻지 못했다. 대통령 선거가 끝난 지 며칠이 지나서 한국이 반반으로 나뉘었다는 느낌이 들었다. 선거 전에는 반대쪽을 존중할 수 없다. 무슨 일이 있어도 나의 선택, 나의 선택만이 답으로 보이기 때문이다.

선거가 끝난 후에는 어떻게 해야 할까? 매우 적응하기

힘든 쪽은 자신의 선택에 좌절을 느낀 쪽이다. 뉴스도 승리를 축하하는 방송이 주를 이루며 많아진다. 오직 이긴 사람들의 축제로 일관한다. 상처로 남은 반 정도의 사람들은 채널을 돌리며 중첩되는 상처로 울적해진다. 이긴 사람들의 파티는 모든 사람들에게 보여야 하는 것이 아니었다. 자기들끼리만 조용히 즐기길 바란다. 패배한 사람들의 눈물을 생각하면 그렇다.

〈가요 대전〉과 같은 경쟁 프로그램을 보면서 항상 의아했다. 1등이 영광과 상금을 모두 독차지하는 시스템에 의문을 제기한다. 누가 기반을 제공해서 1등이 될 수 있었나? 1등이 아닌 사람들 덕분이 아니었나? 우승자에게 트로피와 축하금을 준다면 패배자에게는 위로금과 감사패를 줘야 한다.

이런 내 생각처럼 행동하지 않을 방송이라면 이긴 사람의 축하 퍼레이드도 계속될 것이다. 이 상황에서 다른 선택을 해야 한다. 선거에서 패한 사람으로서, 어둠을 이기는 나만의 처방을 찾아봤다.

먼저, 누가 대통령이 되었는지보다는 선택한 사람들이

있었음을 떠올려야 한다. 대통령이 마음에 들지 않는다고 했을 때, 선택한 국민들도 마음에 들지 않는다는 논리가 되겠지만, 국민을 미워하면 별로 좋지 않은 상황이 된다. 친한 친구가 있는데 그 친구는 나와 반대의 선택을 했다. 농담이긴 하지만 '절교하자'라는 말이 튀어나올 뻔했다. 결국, 나는 옳고 너는 그르다는 태도가 되는 것이었으니 위험천만한 발상이었다.

아이들이 책을 읽는 모습을 보면서 교사가 보기에는 바르지 못해 보이지만 아이들의 선택은 자기 나름의 결정이었다. "그래도 학교에서는 바르게 앉아 읽는 것을 가르쳐야 맞지 않는가?"라고 말한다.

잠시 아이들이 각자의 집에 있는 모습을 상상해 본다. 폭신한 침대를 사용하고, 말랑한 소파 생활을 한다. 엎드린 자세는 아마도 침대에서 습관이 된 때문일 거다. 어쩌면 엎드려 읽어야 다른 것이 눈에 들어오지 않아서 오롯이 책에 집중할 수 있기 때문일 수도 있다. 다리를 꼬는 것은 어른들의 모습에서 본뜬 것일 수도 있다. 책을 올려놓아 읽기 편해서일 수도 있다. 아이에게는 저마다의 합당한 이유가 있는 법이다.

책 읽기 활동 후, 동영상을 보여주면서 바른 자세에 관한 이야기를 나누었다. 아이들의 인지에 변화가 있어야 건강할 것 같은데, 말로 하는 것보다는 동영상이 주는 영향력이 때론 크다.

권력과 부귀를 노리는 기득권은 다시 돌아올 것이고, 그로 인해 눈이 아프게 될 것이라는 생각에 그것이 싫고 걱정되었다. 다수의 국민을 생각해 보았다. 반대편에 선 선량한 국민을 비판할 수는 없다. 결과에 복종하는 것도 '존중'이다. 중요한 것은, 사람들의 '행복'이다. 결과를 존중하고, 당선자를 존중하는 마음이 아니라, 그를 뽑은 국민을 존중하는 마음을 찾는 데 며칠이 걸렸다.

같은 하늘 아래 새 대통령이 국민으로 존재하는 것이 무엇보다도 끔찍했다. 하지만 지금 이 땅 밖에 없으니 단단히 서 있어야 한다. 그리고 상대의 선택을 비판한다고 해서 나와 네가 행복해지지 않는다라고, 스스로 결론 내렸다.

아이들과 소통을 통해서 어떤 자세로 책을 읽는 것이 모두에게 행복을 주는 일인지 알게 되었으니, 새 정부도 서로 양보하고 서로 상대의 의견을 들어 국민이 원하는 방향으로 국정 운영을 해나가 주길 바란다.

　하마터면, 사랑을 놓치고 미움으로 살아갈 뻔했다. 선거를 통해 나의 인간 존중 상태를 점검했다. 나도 부족한 사람인데, 완벽하다고 생각할 뻔했다. '존중하면 존중할 줄 안다'는 격언으로, 듣는 말로 나를 다시 세우려 한다.

　상대의 선택을 존중한다는 것은 앞으로 일어날 일을 함께하겠다는 각오다. 승리자들도 패배로 인해 상처받은 사람들이 주변에 많다는 것을 고려해야 한다. 승리자들의 축제에 손뼉을 칠 수 없다면 적어도 비난은 없어야겠다.

　한편으로, 같은 편이 절반가량 된다는 사실도 매우 흥미로운 현상이니 잘 지켜보겠다. 또한 양보해서, 옳으면 얼마나 옳고 그르면 얼마나 그르겠는가. 대립하고 저항하기보다는 존중함으로 평정을 유지하는 것이 무엇보다 미움을 몰아내는 길이다. 인간 존중에 기반한 대화가 답이다.

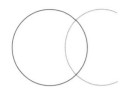

통증이 되어도 좋은
그리움,
그것도 사랑일까?

8월과 2월은 많은 사람들이 명예퇴직하는 달이다. 두 사람이 명예퇴직을 했는데, 그중 한 사람의 이야기가 아직도 생생하게 기억난다.

처음으로 발령받은 곳은 조금 낙후된 학교였는데 1학년 말선이라는 친구가 있었다. 선배 교사들이 "1학년은 글만 알면 된다"라고 했기에 그는 말선이에게 열심히 글을 가르쳤다. 말선이는 반복 학습이나 나머지 학습이 통하지 않는 학생이었지만, 그는 모든 학생이 집에 돌아간 후에도 말선이에게 글자를 가르쳐 주었다.

하지만 지금 명예퇴직을 앞두고 생각해 보니, 어린 말선이가 당시에 얼마나 힘들었을까 하는 생각이 든단다. 그러다 보니 어느새 그의 목소리는 거의 울음소리로 변해 갔다.

다음 해에 다시 말선이 반의 담임을 맡게 되었다. 아마 말선이는 자신을 매우 싫어했을 것이라고 짐작했다. 어느 날, 말선이 집에 가정 방문을 갔는데 다 쓰러져 가는 집에 할머니와 둘뿐이었다. 학교에서 집까지의 거리가 꽤 멀었는데 말선이는 산을 두 개나 넘어 등하교를 했겠구나, 생각하니 마음이 아팠다고 했다.

모두 말선이가 되는 순간이었는지, 듣는 이들 여기저기서 눈물을 훔치는 사람들이 많았다. 참아보려고 했지만, 막을 수 없는 눈물에 말선이의 뒷모습이 상상되어 소리내어 울 뻔했다.

그의 마지막 기억에까지 남아 있는 이야기는 바로 제자에 관한 것이었다. 그는 교사들에게 가장 남는 것은 아이들뿐이라고 강조하였다. 그리고 아이들을 잘 부탁한다고 하면서 퇴직 인사를 마쳤다.

퇴임식이 있기 직전까지도 그 선생님에게 이런 이야기를 들어본 적이 없어서 퇴임하기 전에 알던 것과 사뭇 다른 선생님을 본 것 같다. 동시에 그동안 선생님의, 제자들에 대한 사랑하는 마음을 이해하지 못한 나 자신이 떠올라 나를 조금 자책했다.

코로나 때문에 수업이 점점 어려워지고 학생들과 원활한 소통이 안 되는 상황에서 "30여 년을 한곳에 근무하면 됐다. 이제 다른 곳을 찾아본다니 잘했다"라는 말을 나눴던 순간이 부끄러웠다.

비록 퇴직을 앞두고 있지만 그 전날 잠을 못 잤다며 무슨 소회가 계속 스며들었다고 했다. 누구나 당사자가 아닌 다음에야 복잡한 심사를 어떻게 다 알겠는가. 알량한 위로라고, 힘을 준다고 내가 건넨 말은 생명이 없는 무미건조함이었다는 것을 알고 후회했다.

다음에 또 이런 분을 만나게 된다면 그 선생님의 추억 이야기를 들려달라고 졸라서라도 묵묵히 들어보고 싶다. 어떤 말을 하고 싶냐고 물어보고, 좋았던 추억도 들려 달라고 하고, 후회되는 일이 있다면 왜 그런 것 같은지 등 그의 삶을 듣는 것에 집중하려 한다.

곧 나도 퇴직을 앞두고 있다. 내 에피소드는 무엇일지 생각해 본다. 학생들과 함께했던 한글 경진대회 준비? 쪽지

시험지를 만들어 통과했던 공부? 학생들이 스스로 만든 합주곡으로 학예회를 열어 저녁마다 집에서 열린 가정 음악회? 제자들에게 자전거 활용법을 가르치다 다친 일? '헤어스타일이 공군 같다'는 말에 공군이 된 원석이? '선생님 하면 잘하겠다, 어때?'라는 말에 교사가 된 소원이? 나보다 맑은 영혼의 학생들이 나 같은 어른이 넘어지지 않도록 단단히 잡아주었던 고마운 작은 손길들이었다.

거제도에 있는 초등학교에 발령받은 2년 차, 어머니가 돌아가신 준호의 집을 갔다가 슬픔으로 남겨진 아이와 아버지를 두고 돌아 나오기가 힘들었던 일도 생각나서 가슴이 먹먹하다. 준호는 지금 어떻게 살고 있을까? 지금쯤 40대 초반이 되었을 텐데 근황이 궁금하다.

서로 싸우던 악동 3명을 데리고 동네에서 가장 맛있다는 수타면 중국집에 가서 자장면과 탕수육을 주문하고 어색한 식사를 한 적도 있었다. 누가 먼저 잘못했는지 따지지 않고, 어떤 음식을 좋아하냐는 둥, 너희들과 먹으니까 재미있다는 둥 주변 이야기로 버무리면서 싸우지 말라는 말도 하지 않았지만, 그 이후로 학생들 사이의 싸움은 사라졌다. 학생들에게는 설명할 수 없는 고급의 눈치가 있는 것이 분명하다. 말로 부탁은 하지 않았음에도 눈치로 읽어, 내 부탁을 들어줄 때 매우 고마웠다. 그런데 지금은 눈물 나게 보고 싶은 학생들이다.

퇴직하시는 그 선생님은 나에게 잊힌 학생들을 떠올리게 했고 그리움과 보고 싶음의 시절로 돌아가게 해주었다. 학부모 상담을 하던 어느 날 "이 아이가 어머니에게는 자식이지만 나에게는 둘도 없는 제자입니다"라고 말했던 적이 있다. 그날 학부모님의 표정에서 "오해해서 미안합니다"라는 느낌을 받았다.

학생들은 점점 커가서 떠나지만, 교사의 마음에는 쉽게 잊히지 않고 때때로 떠올라온다. 가볍게 만났던 나의 학생들이 문을 열고 들어온다면 자식들처럼 보일 것이다.

"잘 살았니? 어떻게 지냈어? 이렇게나 커졌구나! 보고 싶었고 궁금했었다."

나는 지금 맹렬하게 지는 석양의 해일 것이지만, 그 학생들은 힘차게 하늘의 해로 떠오를 것이다.

"얘들아, 모두 잘 있지? 너희들의 상황이 궁금하다. 어쨌든 건강하라."

추억이란 굳이 찾지 않아도 어느 날 갑자기 생각나면서 그리움과 함께 나타난다. 현재의 삶도 어느 날 갑자기 생각나게 되는 추억이 될까? 나에게 묻는다. 내 삶의 한 부분 한 부분이 최선을 다한 순간의 기록이 되면 부끄럽지 않을 것이지만, 점점 열정이 약해지는 것 같다. 그리움이 통증이 되어도 괜찮으니, 사랑한 추억만 남기기를 위해 애써야겠다.

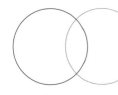

인간 존중
실천 방법
하나는?

●

어느 날, 운전 중에 보였던 큰 십자가 형태의 크리스마스트리를 찍었던 경험이 있다. 그때 하늘과 땅이 수직선으로 연결되어 있고, 땅과 땅이 수평선으로 연결되어 있다는 느낌을 받았다. 그 트리를 보며 땅에 사는 사람들 사이에는 위아래 없이 공평하게 대우하며 살아가야 한다는 메시지를 받은 것만 같았다.

사람과 사람 사이에는 하늘과 땅만큼의 거리가 존재한다. 그 거리는 선배와 후배, 아이와 어른, 상사와 부하, 주인과 손님 등을 구분해 놓은 선이다. 하지만 십자가 형태의 트리는 신과 나만 제외하고 모든 사람들이 동등한 위치에 있다는 것을 가르쳐 주는 것 같았다.

'존중' 이라는 단어는 거리가 없는 사이에서야 비로소 보이는 것이다. 세종이 만들어준 우리말이 평어와 경어로 나뉘어져 있는 것이 아쉽다. 우리말이라는 언어가 이러한 형태를 띠게 된 이유는 우리 조상들의 삶이 그렇게 되어 있었기 때문일 것이다. 하지만 처음부터 평어나 경어 중 하나가 없었더라면 얼마나 좋았을까 하는 아쉬움이 있다.

우리 문화에서 높임말은 어린이를 존중하고 어른의 존경을 나타내는 방법으로 중요한 역할을 한다. 예의 바르다는 것의 기준이 되기도 한다.

몇 년 전, 유튜브에서 본 어떤 영상 수업에서 교사가 교실에서 극존칭 높임말을 사용했던 것을 기억한다. 처음에는 '교사가 교실에서 학생에게 평어를 써야 맞다' 라는 생각이 들었다. 하지만 그 후로, 어느새 나도 교실에서 높임말을 사용하게 되었다. 이유는 두 가지이다. 하나는 학생들에게 높임말을 사용하는 것을 습관처럼 익히게 하려는 것이고, 다른 하나는 나 자신이 학생들을 존중하는 자세를 가지도록 훈련하기 위한 것이다. 높임말을 사용하니 스스로가 품위 있게 느껴져 좋았다.

이제는 "궁금한 거 있니?"라는 말 대신에 "질문이 혹시 있나요?"라는 말을 사용한다. 단지, 극존칭은 배제하고 담백하면서도 어색하지 않게 높임말을 사용한다. 교사가 학생에게 평어를 쓴다면 그것은 선을 그어 놓는 것과 같다.

'인간의 존엄성'이라는 단어는 단지 구호에 머무르면 안 된다. 행동으로 실제로 구현되는 삶이 되려면 가장 많이 마음의 태도가 드러나는 '언어'를 바꾸어야 한다.

부드러운 마음을 가지면 목소리나 행동도 부드러워진다고 한다. 높임말을 사용하려고 하면 어느새 마음이 부드러워진다는 것을 느낄 수 있었다.

교실에서 높임말을 사용한 지 얼마 되지 않아서, 모둠 활동을 할 때도 친구들끼리 높임말을 사용하도록 해보았다. 다툼이 일어날 때도 높임말로 대화하게 하니 평상시에 들리던 욕설이 눈에 띄게 사라졌다. 이를 보고 말의 예절 교육이 인성 교육이라는 것을 확신하게 되었다.

학생들끼리 높임말을 사용하는 것을 보면 그들의 몸자세도 달라지는 것을 볼 수 있다. 굽혀진 몸을 펴는 것이 제일 눈에 띈다. 대화 상대를 바라보는 것까지 이루어진다는 것을 보았다. 높임말로 대화하라고 하니 경청과 바른 자세까지 이루어진다는 것을 보니 말에는 강력한 지도력이 내재하여 있다는 것을 느꼈다. 인터넷의 댓글을 달아야 하는 세상에서, 이번에는 높임말로 댓글달기를 네티켓 교육에 넣어보았다. 또한 댓글을 함부로 달지 않음을 보았다.

아이에게 높임말을 쓰면 위계질서가 없어진다고 말하는 사람도 있다. 하지만 오래 살았다고 해서 위에 있다고, 짧게 살았다고 해서 아래에 있다고 하는 구분이 정말로 가치 있는 일인지 의문이다.

위계질서나 권위 같은 것들의 해악은 없을까? 상호 감각을 잘하기 위한 차원에서 모두가 높임말을 사용하는 것은 무리가 있다고 한다. 높임말은 서로의 거리를 무겁게 만들어서 오히려 서로를 멀리하게 만든다고도 한다. 하지만 친근하게 보이려고 평어를 함부로 사용하는 것이 더 멀어지게 만든다고 생각한다. 모든 사람들이 높임말을 사용하는 것에 동의하지는 않을 것이다. 개인적이고 비공식적인 대화를 선호하거나, 높임말 사용을 그리 중요하게 생각하지 않을 수도 있다. 개인의 문화적 배경과 가치관에 따른 선택의 문제일 것이다.

인간의 존엄성을 지키는 것은 상호 존중이 기본이다. 그러므로 진심을 담아 말하는 높임말이 바로 인간 존엄의 실천이다. 100% 완벽한 높임보다는 공감되는 선에서의 따뜻한 높임말이 내 습관이었으면 한다. 나이에 상관없이 이웃을 존중하는 사람이고 싶다.

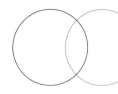

정리 정돈의
가치는
무엇일까?

●

미주는 대한민국의 걸그룹 '러블리즈'의 멤버이며, 본명은 이미주다. 그녀는 그룹 내에서 중심 댄서와 리드 보컬을 맡고 있다. 언젠가 한 예능 프로그램에 출연한 미주가 아이돌 숙소 생활을 하면서 기억에 남는 것이 있다고 이렇게 말했다.

첫째, 러블리해 보이는데, 숙소는 아니다.
둘째, 하얀 양말을 신으면 회색이 된다.
셋째, 싱크대에서 음식이 썩는다.

패널들은 안 믿긴다면서도 웃었지만 난 웃지 못했다. 더러워도 전혀 불편하지 않다고 말하는 우리 집 막내 아이 방이 노출된 것만 같아서다. 처음에는 피곤해서 그런가 하여 치워주다가 안 되었고, 솔선수범하면 배우려나 앞장서 보았지만, 좌절이 더해져 포기하고 말았기 때문이다.

초등 교실에는 학생 개인 사물함이 즐비하다. 안을 들여다보면 주인의 면모가 짐작된다. 사물함을 정리 청소하는 것은 자신에게는 편리함을 줄 터이고 남들에게는 예쁨을 줄 터다. 정리가 전혀 안 된 모습을 많이 보게 되는데 부모를 닮아서 그런 것도 아니다. 사물에 대한 사랑 부재 탓이다. 아니, 자기 자신을 살뜰하게 사랑하지 못하는 것이 근본 이유일 것이다. 길가에 핀 꽃이 눈에 보이기 시작하면 인생을 관조하기 시작한 것이다. 자신을 사랑하면 꽃이 눈에 보이기 시작하고, 나아가 돌보는 사랑을 실천하게 된다.

안창호 선생의 글이 생각난다.

"나는 우리나라가 세계에서 가장 아름다운 나라가 되기를 원한다. 우리나라가 독립하여 정부가 생기거든 그 집의 뜰을 쓸고 유리창을 닦는 일을 해 보고 죽게 하소서."

세계에서 가장 아름다운 나라를 꿈꾸었던 대한 바라기 안창호 선생! 선생의 다른 이야기는 생각이 덜 나도 '집 앞 쓸기'는 깊이 각인되어 있었다.

"독립을 바란다면 몸으로 보여라. 네 집 앞부터 쓸며 독립을 염원해라. 한국인이 어떠함을 나타내어라. 주변을 깨끗이 함을 보여라."

나라가 독립하면 닦아보고 싶었던 고국의 그 뜰과 그

유리창. 지금은 지천이 뜰이고 벽벽이 유리창인 자유의 땅이 되었지만, 그토록 닦아보고 싶었던 광복의 뜰과 창은 열렸지만 끝내 할 수 없는 일이 되어 버렸다.

물건을 정리하는 행동은 마음을 정리하는 행동과도 연결된다. 주변 환경을 정리하고 청결하게 유지함으로써, 그 과정에서 물리적 공간뿐만 아니라 정신적 공간도 청정하게 만들 수 있다. 이는 내부의 혼란과 불안을 제거하고 마음의 평온과 질서를 회복하는 것과 비슷하다. 물건을 정리하는 것은 직접적으로 마음을 정리하고 조화로운 상태를 유지하게 해준다.

여기저기에서 '정리 정돈 좀 해라' 는 부모, 교사들의 목소리가 들린다. 소소하고 별것 아닌 것 같지만 작은 행동이 큰 가치로 가는 길이라고 했다. 내가 나라를 위해 할 수 있는 행동 중 하나를 꼽으라면 정리 정돈이다. 무엇이든 깨끗하면 더러움보다 아름다울 것을 확실히 믿는다. 일본의 과거 만행을 생각하면 더없이 증오하고 배척할 까닭이 있는 일본이지만 그들의 길거리는 그 얼마나 깨끗하던지 골목골목 돌아다녀 보아도 더러워 보이는 곳이 없었다. 소리 없이 일종의 패배감을 안겨 주었다. 깨끗함을 유지하려는 부지런함과

148

애초 버리지 않으려는 지혜가 맞물려 보였기 때문이다. 배울 점이었다.

정리 정돈의 중요성을 가르치는 것은 마치 별들이 하늘에 빛나는 원인을 설명하는 것과 같다. 정리 정돈은 아이들이 자신을 더 잘 이해하게 해주고, 이는 자신의 물건들을 어떻게 관리하고, 시간을 어떻게 효과적으로 사용해야 할지 배우는 데 도움을 준다. 마치 별들이 하늘에서 자신의 위치를 찾아 빛나는 것처럼, 아이들도 정리 정돈을 통해 자신의 삶을 더욱 빛나게 만들 수 있다. 아이들이 자신의 물건을 직접 관리하게 되면, 그것은 별빛처럼 밝은 책임감을 키워준다. 이 책임감은 아이들이 성장하며 직장이나 대인 관계에서도 중요한 역할을 한다. 잘 정리된 환경은 마치 별이 가득한 하늘처럼 정신적 안정감을 제공한다. 이것은 아이들이 학습하거나 집중하는 데 큰 도움을 준다.

아이들이 자신의 물건을 정리하고, 공용 공간을 깨끗이 유지하게 되면, 그것은 마치 별이 다른 별들을 배려하며 하늘에서 공동체를 이루는 것처럼, 아이들도 서로를 배려하고 공동체 의식을 가지게 된다. 따라서, 아이들에게 정리 정돈을 가르치는 것은 마치 별들이 하늘에 빛나는 원인을 가르치는 것과 같다. 그것은 아이들에게 자기 관리 능력, 책임감, 정신적 안정감, 그리고 예의와 공동체 의식을 가르치는 좋은 방법이다.

세계에서 가장 아름다운 나라를 꿈꾸던 도산의 뜻을 기리며 마음을 잡아본다. 톨스토이의 다음 말을 내 가슴에 심어본다.

"모두 세상은 변화해야 한다고 생각하지만 정작 스스로 변화하는 사람은 없다."

'한 사람이 곧 국가' 라는 마음으로 오늘 좀 더 내 주변을, 내 집 주변을 정리하겠다. 하지만, 가까운 사람들에게는 '정리 좀 하지' 라는 마음을 입 밖으로 내지 않아야겠다. 정리의 가치가 반발심으로 팽개쳐질 수도 있기 때문이다.

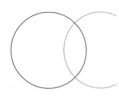

순간순간을
소중히
여기지 못하면?

●

교실 수업이 시작되면 아이들의 소리는 순식간에 사라지고, 멀리서 울리는 교사들의 소리만 가끔 들린다. 비가 오려는 오늘 같은 날씨에는 사방이 더욱 조용하다.

어젯밤 잠을 또 설쳤다. 요즘은 잠을 잘 시간에는 깨어 있고, 깨어 있을 시간에는 잠과 사투를 벌이곤 한다. 이제쯤은 자신의 잠을 잘 다스려서 만족스러울 때도 되었는데 갈수록 어긋나고 있다. 이래서 나는 아이들에게 일찍 자고 일찍 일어나라는 말을 할 자격이 없다.

출근하기 전에 한 생각이 잽싸게 스쳐갔다.
'오늘은 수업도 없는 날이니까 결근을 해도 괜찮겠다. 하지만, 학교 기록에 자꾸 결근이랄지 조퇴랄지 이런 것을 남기지 않도록 하는 게 낫겠지?'
결국, 어렵게 차와 함께 출근했다. 억지로 데려다 놓은 몸이라서 눈도 무겁고 몸도 천근 반이나 된다.

차분하고도 편안한 일상이 그립다. 이 불편한 몸의 느낌이 드는 신호는 무엇일까? 왜 내 몸은 편안함을 바라게 되는 것일까? 돈이 없을 때 돈 생각을 하고, 행복이 없을 때 행복이 생각나며, 효도할 부모가 없을 때 비로소 효도의 의미가 강해진다. 이처럼, 편안함을 그리워하는 지금 나는 뭔가 몹시 불편한 상태임이 분명하다.

언제 나는 편안했었을까? 내 기억 속에 남아 있는 경험을 살펴봐야겠다. 아무리 힘든 일이라도 마음이 신나면 힘든 줄 몰랐었던 때가 있었다. 출근일이 아닌데도 일요일에 학교에 나가서 수업 컨설팅을 할 때도 그랬다. 그러면 나는 지금 몸을 빙자했지만, 마음도 신나지 않은 상태임이 분명하다. 내 마음이 즐거웠던 날부터 뒤적여보면 그곳에 해답이 힌트로 움직여 줄지도 모르겠다.

주로 금요일 오후부터 마음은 늘 즐거웠던 것 같다. 특별한 이벤트가 있어서도 아니었다. 내일과 모레는 출근하지 않아도 된다는 것이 마냥 좋았다. 아침 시간을 지켜 집을 나서지 않아도 되고, 자고 싶은 만큼 자도 좋고, 느긋하게 야외로 드라이브도 할 수 있고, 가족과 외식도 할 수 있으니 천국이다.

　방학하는 첫날이 즐거웠다. 그날부터 내가 만든 일정을 따라 살 수 있게 된 설렘은 내가 자유를 추구하는 사람임을 확인시켜 줬다. 집안일 하는 시간이 많이 들어간다 해도 괜찮았다. 아니, 오히려 기분이 상쾌해지고 운동이라고 생각하면 몸 건강은 덤이었다.

　휴일이나 퇴근 후에, 넓은 카페의 한구석에 앉아 아이패드를 켜놓고 책을 읽으며 메모하는 시간도 빼놓을 수 없는 평안이었다. 적당한 백색소음, 적당한 사람들의 수다스러운 목소리들, 가끔 들이마시는 커피는 얼마나 기쁨과 위로가 되는지, 속으로 웃곤 했다.

　예전에는 퇴근길을 벗어나 지리산 쪽으로 두세 시간 드라이브를 한 번 뛰고 귀가한 적도 많았다. 그때 온몸에 전율로 다가오던 지리산의 정기는 지금도 내 몸과 마음에 선명하게 남아 있다. 나를 위해 조물주가 풀어 놓은 산과 들과 바다와 강, 그리고 하늘과 들녘에 들어가 있을 때도 한없이 편안했다.

　지금 잠시 뒤돌아봤음에도 나의 과거 속에는 편안함을

느꼈던 순간들이 분명히 있었다. 지금, 나는 왜 무언가를 잃어버린 사람처럼 표정도 몸도 마음도 어둡고 칙칙한 것일까! 코로나19를 핑계로 삼기엔 나의 소극성을 감추기 어렵다.

남을 탓하거나 환경을 탓하는 것이 아니라 내 발을 탓하기로 했다. 내가 만든 고리가 나를 가두는 형태임을 먼저 분명히 인식하는 것으로 해결의 첫걸음을 내딛기로 했다. 문을 열고 마음을 열고 신발을 단단히 묶고 자연으로 들어가는 시간을 가져야겠다.

하늘을 보며 신성한 꿈을 다시 그리는 거다. 바다를 보며 모든 것을 품은 채 조용히 정화하는 거대한 힘을 느껴보는 거다. 바람을 느끼며 지구의 공기가 내 몸 안을 들어가게 하는 거다. 나무 앞에 서서 인생 상담도 요청해 볼까? 언젠가 내가 흙으로 돌아갈 텐데 늦기 전에 물어봐야겠다.

"어떤 삶이 좋을까? 다시 태어나면 어떻게 살고 싶어?"

책에 써진 수많은 인생의 지표들은 누군가의 경험들이다. 살아본 사람들이 자신의 인생을 자랑해 놓은 것들이라고 읽힌다. 나도 자랑하고 싶은 인생을 만들면서 살아야 할 것 같은 말의 압력으로 다가올 때도 있다. 나에게는 자랑이 문제가 아니라 나의 만족이 당장 시급하다.

　지금 여기에서 눈을 들어 주변을 돌아보고 생각나는 글이 나의 기록이다. 내 앞에 다가왔다가 사라질 수많은 사람과 사물은 나에게 희로애락을 불러일으키고 회오리처럼 늘 사라진다. 그 순간순간이 내 인생이고 그것의 의미를 남기면 책이 된다.

　과학자는 관찰한 그대로를 남기는 것처럼 보이지만 마음으로 발견하지 못하면 의미가 없으니 과학 이야기들도 결국 의미들의 표현이라고 봐야겠다. 사물과 사람의 만남 자체가 인생인 것일까? 아니면 그들이 남기고 간 마음의 흔적들이 그것일까?

　식사하면서 신문을 보면, 밥맛을 제대로 느낄 수 없다. 신문 보는 시간에도 신문을 보고, 식사 시간에도 신문을 보면 내 눈과 마음은 신문에 가 있고, 내 입과 손만 식사 중일 텐데, 그러면 나는 식사를 한 것인가, 신문을 본 것인가. 신문에는 흥미로운 기사가 별로 없다는 것을 감안하면 결코 즐거운 시간은 아니다.

내 오감이 하나의 것에 초점을 맞추고 완전히 몰입할 수 있다면 그곳에 불꽃이 피어오른다. 그래서 김병채 교수는, "식사할 때는 말도 하지 말고 눈과 입과 귀와 손이 완전히 식사를 향하게 하라"고 가르치셨던 것일까? 음식들에 감사함을 느낄 때 비로소 인생이고, '맛있게 먹었다'고 말할 때 비로소 만족이고, 그릇까지 깨끗이 닦아 주방을 나설 때 '다 끝냈구나'라는 편안함이 주어진다.

그렇다. 순리에 따라 순간순간을 소중히 여기고 즐기며 살자. 너무 거창하거나 너무 겉멋만 들어도 남는 건 불편함뿐일 것이다. 일상의 편안함은 순간순간을 소중하게 바라보려는 나의 의지에 달려 있다. 한순간을 소중히 여기는 마음에 행복도 조용히 내려앉고, 편안함도 나를 결국 웃게 하는 삶의 부케로 날아든다. 그거면 충분하다. 남을 탓하거나 환경을 탓하는 것을 그만두고 발을 탓하려 한다. 아니, 발에 요청한 마음을 탓하는 것이 맞겠다.

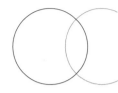

아픔도 없고 치유도 없다면?

나이가 결코 면죄부일 수는 없다. 누가 감히 자신에게 이 말을 적용할 수 있겠는가? 인간은 누구나 면죄부가 필요하다.

'어리니까 면죄해 줘야 한다고? 아니지!'

작년까지만 해도 이런 생각은 들지 않았다. 사랑할 수 없어서 힘들고, 사랑해야만 해서 힘들어 보면 안다.

올해, 말로 몇 번 하다가 서로의 말이 먹히지 않으면 주먹이 오가기 시작하는 사건이 발생했다. 주변 아이들은 달려들어 말리지만, 두 아이의 힘은 어디서 나는지 여러 사람이 붙잡은 팔을 뿌리치며 돌진을 반복할 뿐이다. 발로 찰 때의 속도는 맹렬해서 이성을 마비시켰다.

아이들이 성인이 아니라고 면죄부를 주는 것이 과연 옳은 일일까? 때아닌 회의감이 밀려들게 만든 사건이 두 건이나 생겼다. 하나는 남학생 둘이 치고받는 싸움이고, 또 하나는 모둠을 정할 때 여학생 3명이 고집을 부리며 함께 하겠다고 우기는 보이지 않는 폭력이었다.

4교시를 마치고, 5교시가 시작될 무렵, 교실로 돌아가기 시작한 1반 아이들이 와서는 "선생님, 아이들이 싸워요"라고 말하는 것이었다. 마침, 다음 수업 준비에 여력이 없는 터였다. 일단 교실로 들어오라고 했다. 눈을 들어 쳐다본 순간 아이들이 갑자기 뒷문 쪽에 모여들었고, 어떤 상황인지 가려서 잘 보이지 않았다.

준비를 멈추고 얼른 들여다보니, 가운데 두 남학생이 바닥에서 엉켜 서로 주먹질하고 있었다. 분노의 주먹은 사정없이 아무 데나 가격 되고 있었다. 주변 아이들은 말린답시고 모여들어 있었다. 직접 목격하니 너무 당황스러웠다.

화가 나기도 하고 싸우는 아이들에게도 이유가 있지 싶기도 했지만, 우선은 수업해야 하니 상황의 시급한 종료가 절실했다. 얼른 둘 중 열세에 놓인 것 같은 남학생을 복도로 데리고 나갔다. 자초지종을 물으니 "줄 서 있는데 뒤에서 자꾸 때렸어요"라며 억울함부터 하소연했다.

싸운 아이들의 의견을 들어보면 공통점이 있는데, 누구

도 자신이 잘못하지 않고 상대가 먼저 기분 나쁘게 했다고 말한다는 점이다. 일단 그 아이의 말을 들어주며, "나라도 기분 나쁠 것 같아. 네가 이해돼"라고 몇 번이나 말해 주었다. 감정을 일단 가라앉혀야 할 것 같아서 등을 여러 차례 토닥여주었지만 좀처럼 분이 가라앉지 않았다.

처음에는 몸에 힘이 남아돌아서 불끈불끈하더니 차츰 몸에 힘을 빼긴 했다. 잠시 진정이 된 것 같아 조금 후에 부르면 들어오라고 말한 뒤 교실로 들어왔다. 안정이 되었고 또다시 싸움이 이어지지는 않을 거라는 생각은 헛된 바람이었다. 아주 잠깐 뒤돌아섰는데, 어느새 둘이 다시 불을 켠 채 맞붙고 있었다.

분노 조절 결핍일까, 치기 어린 객기일까? 이번에는 반대쪽 아이를 밖으로 불러내었다. 아니나 다를까? '나는 아무 잘못도 없는데, 쟤가 자꾸 뭐라고 해요'였다.

할 수 없이 아이들을 잘 이해하고 있을 담임 선생님을 호출할 수밖에 없었다. 이미 각오한 듯이 씩씩하게 그러나 무겁게 걸어오는 담임 선생님의 모습을 잊을 수가 없다.

"수석 선생님, 지금 해결해야 할 것이 몇 가지죠?"

예상치 못한 질문에 나도 모르게 그만 3가지라고 솔직

히 말해 버렸다.

"첫째, 여학생 3명 중의 1명은 다른 모둠에 가야 하는데, 절대로 떨어지지 못한다고 해서 힘들다. 둘째, 남학생 둘이 치고받고 하는 데 도저히 진정이 되질 않는다. 셋째, 나는 아이들의 성향을 잘 모르기 때문에 섣불리 관여해선 안 될 것 같다"라고 말을 해버렸다.

두 가지만 얘기해도 되었었는데 찰나에 다쳐버린 나 자신도 포함하고 말았다. 담임 선생님은 벌써 속상한 감정으로 가득 차신 것 같았다. 상황을 휘어잡지 못한 나에게 화가 난 것인지도 모른다.

알았다는 대답도 없이 곧바로 교실 뒷문에 서신 채로 "야! 너 세 사람 빨리 흩어져! 지금이 쉬는 시간인 줄 알아? 지금 뭐 하는 거야? 빨리 가!"라며 크게 소리를 질렀다. 담임 선생님의 목소리는 쩌렁쩌렁했는데, 속으로는 한편 시원하기도 했다. 전혀 꼼짝도 할 것 같지 않았던 3명의 여학생 중 1명이 주춤거리며 다른 모둠으로 이동하는 것이었다.

담임의 호령 같은 말에 반응하는 것을 보고 한편 섭섭하기도 했다. 1년 동안 도덕 공부를 같이한 세월이 헛질이었다는 배신감이 들었다. 이어서 담임 선생님은 말없이 두 학생을 데리고 나갔다. 같은 반에서 유사한 사건이 벌써 두 번째라서 그런지 선생님 얼굴에도 분노가 역력했다.

선생님이 돌아가고 난 뒤, 세 여학생에게 가서 낮은 목소리로 "담임 선생임의 말만 들으니, 선생님이 참 서운하다. 내가 부탁할 때도 들어주면 좋겠어"라고 '나 전달법'으로 한마디 해주었다. 담임 선생님에게 굴복해서 멋쩍은 듯한 표정이 전부일 뿐 그 어떤 사과도 하지 않았다.

40분의 수업 시간 중 15분밖에 남지 않았지만 내가 당장 해 주어야 할 것이 있었다. 일단은 모든 상황을 고스란히 지켜본 아이들의 감정 손상이 염려되었다. 아이들이 받았을 상처에 공감해 주는 것이 시급했다.

아이들의 감정을 다른 아이들과 나누기를 바랐고, '나만 그런 것이 아니구나!'라는 공감의 짬을 만들어 위로해 주고 싶었다. 아이들 한 명 한 명에게 다가가 "지금 너의 기분은 어떠니?"라고 물어본 후, "그렇구나!" 고개를 끄덕여 주었다. "무서워", "화나", "짜증 나", "속상해" 등의 말이 나왔는데, 그중 '무섭다'라는 말이 서너 명이나 되었다. 동급생의 행동에 대해 느끼는 아이의 공포 감정은 나를 아프게 했다.

그런 다음, "수업을 하지 않는 것이 좋을 것 같다. 선생님이 더 이상 못 하겠다"라고 했더니, 어디선가, "조금이라도." 라는 말이 얼핏 들렸다. 조금 전 감정 말하기 할 때 "도덕 수업을 못 해서 짜증 나"라고 말했던 아이 같았다.

막상 말은 못 하겠다고 그렇게 했지만, 못 이기는 척하면서 꼭 필요한 내용으로 15분 만이라도 진행했다. 의외로 집중해 주는 바람에 일사천리로 잘 진행되는 듯한 착각 속에 불행 중 다행히도 약간이나마 수업을 진행할 수 있었다.

몸에 난 상처는 보이지만, 마음에 난 상처는 보이지 않는다. 학생이든 교사든 여과 없이 날아드는 공격에 몸과 마음이 상처로 얼룩진 교실이 되어 버렸다. 누가 보상을 해주어야 하는 것일까? 보이지 않는 상처 치료에는 원인자 처벌이 답이 아닐까? 억울하면 증거를 보여달라고 하는데, 마음의 증거는 보여줄 길이 없으니, 가슴을 칠 뿐이다. 그 누구도 아닌 제자들로부터 공격당하는 심정을 누가 알까?

아이들이 모두 돌아간 뒤, 이 모든 광경을 다 지켜본 도움반 교사가, '힘들겠다…. 이런 모습은 처음 봤다. 2학년에도 분노조절장애 아이가 한 명 있는데….' 라며 걱정 반 놀람 반인 것 같았다. 돌풍 같은 두 남학생이 엉켜 싸울 때 도움반 교사가 힘으로 붙잡아 주어서 더 큰 주먹질과 발길질이 안 일어난 것 같다며 감사함을 전했다.

혼자 앉아 있으려니, 그때부터 머리와 얼굴에 열이 나기 시작했다. 스트레스 증상이다. 그리고, 자동으로 진심이 흘러나왔다. '제발 여학생 3명은 다시는 보는 일이 없기를.' '그리고, 교실에서 일어난 폭력 상황은 교사가 그대로 경찰에 신고하는 시스템이 만들어지기를.'

학교에서 일어나는 폭력은 사회에서 발생하는 폭력과 너무도 유사하다. 성인이 되어 법을 적용하는 것은 뭔가 이상하다는 느낌이 들기 시작했다. 교사들이 법 역할을 할 수 있으면 좋겠지만 서로 간의 충돌이 시원하게 해결되는 건 극소수일 뿐이다.

'촉법소년'이라는 말도 부질없다고 생각한다. 교육으로 해결해야 한다는 주장들을 손뼉 치며 동의했었지만, 막상 닥치니, 교사가 할 수 있는 일은 없다는 것을 알았다. 학교에서는 싸워도 잡혀가지 않는다는 것을 악용하는 것은 아닐지 의심이 들 정도다. 보건실에 보건 교사가 전문적으로 치료하듯, 안전실에 경찰관이 근무하는 시스템이 하루빨리 생겼으면 좋겠다.

폭력을 하거나 교사의 말과 정반대로 행동하며 고집을 부리는 아이들은 저세상 아이들처럼 보인다. 눈빛이 너무나 싸늘해서 소름이 돋을 때도 있다. 학생이 교사의 가르치는 말을 거부한다면, 교사 또한 그 아이들을 거부할 수 있는 권리가 필요하다는 생각을 체험으로 느끼기는 처음이다. 냉정했고, 이글거렸으며, 서늘하다 못해 섬뜩한 아이들의 눈빛을 다시 떠올리는 것만으로 기운이 빠진다.

지금도 교실 현장에서는 많은 아이와 교사가 몇몇 제멋대로인 아이들로 인해 스트레스를 받고 있다. 한두 교실의 문제가 아니라 전 교실의 문제라고 본다. 한 교사는 우울증이 생겨서 몸무게가 반으로 줄고 눈물이 멈추질 않는단다. 아이들과 격리하고 우선 치유를 받아야 할 것 같아서 병가를 권유해 주었던 일도 엊그제 있었다.

그 교실에 들어가 한 시간의 수업을 관찰하였다. 교사가 무슨 말을 하면, 크게 대답하는 아이도 있었고, 친구랑 둘이서 교실 뒤에서 공을 주고받으며 노는 아이들도 있었다. 교사는 지칠 대로 지쳤는지 너무나 슬프게 바라만 볼 뿐 말할 기운이나 의욕이 전혀 없었다. 초등학교 3학년 교실이라고는 믿어지지 않는 광경이 벌어지고 있었다. 눈으로 직접 보지 않으면 아무도 믿지 않을 정도다.

결코 사랑할 수 없는 아이들이 있다는 사실을 인정해야

만 했던 사건이 있는 날이면 자책감 또는 무능감으로 마음이 무겁다. 사랑할 수 없는 사람을 사랑하는 것은 나 같은 사람이 할 수 있는 일이 아니다. '교사이기 때문에 학생을 사랑해야만 한다'는 것은 양심이라는 이름으로 스스로 씌워 놓은 굴레일 뿐이다. 아이들도 경계의 대상으로 삼아야 할 지경이 되어 버렸다.

학생이라고 해서 어리다고 해서 면죄부를 주는 것은 답이 아니다. 나이만 어릴 뿐 사탄이 접수해 버린 어린 영혼들을 나 같은 인간이 사랑할 수 있는 영역이 아니다. 몇 번이나 땅을 쳐봐도 아닌 것은 아니다. '내겐 사랑이라는 힘이 없어. 사랑 가득한 사람이라고 상상했을 뿐이야. 나는 나를 속였어.' 사랑은 쉬운 것이라 여겼던 나의 실체를 보게 되었다.

늦은 오후가 되어서야 조금 진정이 되었다. 그토록 사랑했기에 이토록 아픔이 큰 것이라며 그만하면 되었다고 자신을 위로해 보기도 하였다. 그런데 오늘의 검은 기억이 어쩌면 오히려 고마워해야 할지도 모르겠다는 반전이 스멀거리며 올라왔다.

아주 짧았던 그 순간 내 어깨의 억울했던 힘이 빠져나갔다. 만약에 아이들이 나를 찾아와 '죄송하다. 잘못했다' 라고 한마디 한다면 곧장 회복되어 "아냐 아냐, 그럴 수도 있지. 괜찮아!" 라고 말할 수 있을 것도 같다.

이 무슨 반전인가. 오히려 아이들에게 고마워하는 마음이 들다니. 남을 가리키는 손가락이 자기에게 향하고 있음을 인정하는 순간, 그토록 배워 왔던 겸손은 생생히 살아 움직였다. 겸손의 뜻이 무엇인지 조금 더 알게 되었다고나 할까. 상대를 향해 지적하는 손가락은 하나인데 나를 향한 손가락은 3개나 된다는 것을 바라보는 순간 겸손하기가 이렇게 힘든 일임을 실감했다.

사랑에 지쳐 돌아서는 나를 다시 되돌리는 길은 아픔으로 시작되었다. 동시에 치유의 문도 열렸다. 삶은 나에게로 오고 가는 평행선이다. 아프니까 치유가 있는 것이고, 치유가 있으니 아픔도 너무 속상해하지 말아야겠다.

치유 없는 삶을 평생 살면 좋겠지만, 치유되는 순간에 전해오는 감사함은 못 느끼게 될 것일 테니 필요한 과정이다. 치유는 무거운 삶에 가벼움을 선물하는 면죄부다. 사람들에게 정말 필요한 것은 어쩌면 아픔이고, 그 뒤 이어지는 치유다. 나이가 적든 많든 고진감래의 삶을 통과하며 삶을 이해하는 것, 이것이 인생이다.

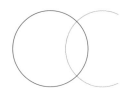

내 앞에 놓인 허들을 놀이로 친다면?

●

어느 날, 교실 작은 유리창에 ㅇㅇ이 서 있었다. 어제 이야기를 나눈 6학년생이었다. 손짓으로 들어오라고 했지만, 한참을 서 있기만 했다. 마스크를 끼고 있어서 빨리 알아채지 못했지만, 어떤 일이 있을 것 같은 불길한 느낌이었다.

다시 한 번 들어오라고 손짓을 열심히 했더니, 그제야 문을 열고 들어왔다.

"ㅇㅇ야, 어서 와. 무슨 일이 있었니?"

"(매우 풀이 죽은 목소리로)네."

"나에게 그 이야기를 해 줄 수 있겠니?"

"(울먹이기 시작하며) 오늘 아침에 어머니께서 혼내셨어요."

"어이구, 저런. 혼나서 속상했겠구나!"

"자고 있는데 동생이 시끄럽게 해서 야단을 쳤거든요. 근데 어머니께서는 저만 혼내시는 거예요."

직감이 틀릴 수도 있지만, 집마다 흔히 그렇듯 자연스럽게 막내를 감싸고 도는 그런 엄마의 모습이 그려졌다. 그때 다른 말은 나오지 않고 대신 얼른 일어서서 ○○을 꼭 안아주는 일이 나도 모르게 순식간에 일어났다.

"○○아. 네 잘못이 아닌 것 같아. 선생님도 자고 있을 때 누군가 시끄럽게 방해하면, 정말 화가 나거든."

그때부터 00은 눈물이 뺨을 타고 주르르 흘러내리기 시작했다. 마음이 열릴 땐 눈물이 먼저 길을 나선다. 어른이 보기엔 대수롭지 않은 일도 아이들에겐 커다란 상처가 될 수 있는 것이다. 마음속에 속상함을 가득 담아두었다는 의미로 해석되면서, 엄마에게는 대수롭지 않은 일이 아이에겐 온천하일 수도 있음을 보았다.

눈물을 닦을 수 있도록 티슈를 건네며 물었다.

"동생이 그럴 때 네 마음은 어땠니?"

"엄청 짜증이 났어요."

"그렇구나. 나라도 그랬을 것 같아. 혹시 전에도 이런 일이 있었니?"

"아주 자주 그래요. 그럴 때마다 엄마는 나만 혼내고요."

○○은 울음을 참으면서도 어깨를 들썩이며 울고 있었다.

"저런. 그때마다 너의 기분이 좋지 않았을 것 같은데, 어땠니?"

"정말 화가 나고, 슬펐어요."

"그럼 그럼. 그런 기분이 들었을 때마다 어떻게 했니?"

"방에 들어가 버렸어요."

"아, 그랬구나. 너무 기가 막히면 말하기도 싫어지는 법이지."

"오늘은 얼른 집을 나와 학교로 왔어요."

"오죽 스트레스였으면."

사람은 스트레스를 받으면 세 가지 반응을 보인다. 얼어붙거나, 도망가거나, 공격한다. 얼어붙는다는 것은, 스트레스 상황에서 무기력하거나 둔감해지는 경향을 보이는 것을 말한다. 감정적으로 차갑고 무감각해지며, 대화나 상호작용을 피하려고만 한다.

도망가는 것으로 반응하는데, 현실을 피하려는 경향을 나타내는 것이다. 실제로 그 현장에서 도망가거나, 문제나 상황을 회피하려는 태도를 보인다. 공격적인 반응이란, 자신을 방어하거나 스트레스를 표현하기 위하여 타인을 공격하거나 갈등이 심해지게 만드는 행동이다.

○○은 도망가는 것으로 스트레스에 반응하고 있었다.

"그런데도, 이를 해결하는 방법은 무엇일까?" 아이는 한참을 생각하더니 "할머니께 얘기해서, 할머니가 엄마에게 좀 가르쳐 주었으면 해요."

자신의 권위는 없고 할머니의 권위를 크게 생각하고 있는 듯했다. 가정에서의 위축이 어렴풋이 느껴졌다.

동생을 야단치면, 그때마다 혼이 났고, 집을 나가고 싶다거나, 할머니 집에 가고 싶다고 말하는 것을 보며 마음속에 응어리가 쌓여 있음도 짐작게 했다. ○○은 자신의 욕구를 엄마에게 직접 표현하는 것을 불효라고 생각해서일지 아니면 엄마가 완고해서 무서워 그러는 것일까?

아이들은 엄마와의 관계에 따른 불안감이나 두려움을 가질 수 있다. 불쾌한 반응이나 거절을 보일까 봐 두려워하여 욕구를 표현하지 못할 수 있다. 또한 아이들은 자신의 욕구를 이해해 주지 않을 것이라는 불신할 수도 있다. ○○은 엄마가 자신의 이야기를 무시할 때가 많다고 속상하였다.

어제 얘기를 나눌 때, ○○은 동네 사람들이 행복해하는 미용사가 되는 것이 꿈이라고 하였다. 사람들의 얼굴 모양과 스타일을 더 잘 알기 위해 수학 공부가 필요할 것 같다고도 하였다. 몸을 많이 쓰는 일이니까, 줄넘기와 계단 오르기를 하겠다고도 말하였다. 거기다가 미용실에 찾아오는 다양한 사람들과 대화를 잘 나누기 위해 읽기 싫은 책이지만 읽어서 소통하는 미용사가 되고 싶다고도 하였다.

이렇듯 아름답고 뚜렷한 꿈과 의지를 갖추고 있는 사랑

스러운 아이로만 알고 있었는데 정작, 아이는 엄마에게 자기 생각을 맘껏 나누는 소통은 잘 안되고 있는 것 같아서 한편 안타까웠다. 교사가 알고 있는 아이의 모습과 부모가 알고 있는 아이의 모습은 매우 다를 수 있다. 아이를 돌본다는 것은 교사와 부모가 만나서 아이에 관한 이야기를 나누고 함께 힘을 모아 일치된 도움을 주는 것이어야 한다.

"만약에, 어떤 친구로부터 너를 험담하는 이야기를 네게 말했다고 쳐보자. 그때, 직접 듣지 않고 다른 친구로부터 그것을 들으면 어떨 것 같아?"

"기분이 나쁠 것 같아요."

"그럼, 할머니를 통해 너의 이야기를 들었을 엄마의 기분은 어떨 것 같니?"

"엄마도 기분이 나쁠 것 같네요."

"그럼, 함께 다른 방법을 찾아볼까? 또 뭐가 생각나니?"

"편지요?"

"아, 그 방법도 좋은 생각이구나. 문자도 있겠고…."

순간, 눈물이 마른 듯하였고, 고개를 끄덕이기 시작했다.

"어떻게 쓰면 될까?"라고 묻자, 선뜻 대답은 하지 않았다. 첫 수업이 곧 시작되기 때문에 어떻게든 어두운 감정을 털어버리게 하고 싶었다.

172

"선생님이 한 번 제안해 봐도 될까?"

○○이는 고개를 끄덕이며 나를 쳐다보는데, 그때 순간 반짝 희망이 보였다.

"엄마, 오늘 아침에 동생을 야단쳐야 하는데 나만 혼내서 너무 속상했어. 저번에도 그랬을 때 속상했는데, 자꾸자꾸 똑같은 일이 생기니까 힘들어. 동생만 사랑하는 것 같아서 기분 나빠 억울해요, 엄마."

아이는 맘에 드는지 모르겠지만 일단 고개를 끄덕여 그렇게 쓰겠다고 했다.

한 번 더 네 잘못이 아니라고 토닥토닥해 주었다. 결정은 ○○이가 할 일이고, 내가 해줄 수 있는 것은 여기까지였다. 세면대에 가서 얼굴을 닦고 들어가라고 티슈를 주니 ○○이는 고개를 숙여 "감사합니다." 라고 말한 후 가벼워진 듯한 발걸음으로 빠르게 돌아갔다.

아이의 눈에 눈물이 말라 있어서 안심되었다. 그리고 등교하자마자 내가 있는 곳으로 찾아와 조그만 창문을 통해 눈으로 '슬프다' 고 말하던 눈빛이 어쩐지 고마웠다. 그래도, 아이 편에 충분히 서 주었는지 반성해 보며 다음에는 좀 더 누군가와 한편이 더 잘 되어보자고 다짐해 본다.

한편, 나도 이런 일이 있을 때 누군가를 찾아가서 속상함을 토로할 수 있으면 좋겠다. 너무나 자기 살기도 바쁜 세상이라서 남의 입장까지 고려해 가며 말해주기가 쉬운 일은 아닌 것 같긴 하지만 말이다.

누군가의 고민이 사실은 나의 고민이라는 생각에 '나만 외로운 게 아니었구나' 하는 마음이 든다. 나이가 많고 적음의 차이만 있을 뿐, 겪고 있는 인생사는 유사한 거다. 나를 기쁘고 행복하게 하는 것들은, 남의 이야기 속의 그것과 내 것이 유사함을 발견할 때도 한몫을 한다.

내가 누군가의 손을 잡아주었다고 생각될 때 깊은 기쁨과 함께 뿌듯하니, 이게 행복이다. 기쁨과 행복은 남으로부터 돌려받는 말 없는 피드백이다. 내가 던진 부메랑이 느낌 있게 되돌아오는 순간, 웃을 힘이 난다. 고민은 장애물 달리기 트랙에서 멈추지 않고 계속 달려 허들을 뛰어넘는 놀이다. 세상은 허들넘기 놀이터다. 조금 힘이 들고 뛰어넘기 전에 두려움이 생기는 놀이일 뿐. ○○이처럼 다른 사람에게 속상함을 토로하는 것도 인생 허들 앞의 지혜다.

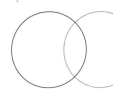

존재에 관한 관심이 미치는 영향은?

●

아무도 나에게 이렇게 물어본 적이 없었다.

"왜 그리 슬프게 우느냐?"

이어령의 책 《마지막 수업》 첫 부분은 정말 인상적이었다. '선생님이란, 저렇게 질문하는 사람'이라는 생각이 들었다. 내 생애에서 저렇게 물어본 적이 있을까? 부디 그랬기를 바라지만, 없었다는 사실 앞에 아쉬움이 든다.

지금까지 무수한 선생님을 만났다. 대부분은 가르치고 배우는 관계에서 끝났지만, 초등학교 4학년 때 선생님이 기억에 남아 있다. "그래서 어떻게 되었을까?" 마룻바닥에 앉아서 성경 이야기인지 동화 이야기인지 구분이 안 되었지만, 그때의 이야기는 정말 재미있었다. 그때 나는 '선생님은 정말 우리를 좋아하는구나!' 하는 것을 느꼈다. 이야기 내용은 모르겠지만, 그런 느낌은 아직도 기억에 있다.

초등학교 5학년 때의 선생님도 기억에 남아 있다. 하교하려고 교실을 나가는데 "수진아, 저 뒤판에 그림 좀 붙여볼래?"라며 선생님이 처음으로 나에게 부탁하셨다. 선생님이 나를 불러주셨다는 것만으로도 설레고 너무 좋았는데, 일까지 시키시다니, 마치 나를 믿어주고 인정해 주는 것 같아서 기분이 좋았다.

중학교 2학년 때의 영어 선생님은, 《주홍 글씨》라는 책의 이야기를 정말 재미있게 풀어주셨다. 영어 수업 시간인데, 외국 문학을 한국말로 재미있게 풀어놓으셨다. 그때부터는 '안다는 건 저렇게 재미있을 수 있는 일' 임과 아울러 문학의 묘미도 느꼈다. 선생님의 모습과 맛깔나게 말하기를 즐기시는 모습에서 정말 즐거움이 느껴졌다.

"마녀사냥에 대해 여러분은 어떻게 생각하십니까?"

하지만 고등학교 2학년 때의 담임 선생님은 매우 나빴다. 수업 중에 어떤 친구를 나오라 하더니 창가로 불러 세운 후 손목에 찬 시계를 벗으면서 때릴 준비를 하는 것이었다. 아니나 다를까 힘껏 휘갈기던 모습, 악마 같았다. 학교 폭력이 아니라 교사 폭력이었는데 그땐 왜 그것을 폭력이라고 인식하지 못했을까. "너 이리 나와!" 순간 소름 끼쳤다.

대학 시절의 지도 교수님은 잊지 못할 따뜻한 추억을 남겨 주셨다. 마침, 아파서 집에서 쉬고 있었는데, 친구들이 교수님이 보내셨다며 소냐 장미 한 다발을 들고 그 먼 길을 걸어 찾아왔다. 교수님이 얼른 나으라는 의미로 보내 주셨다는 꽃다발을 내미는 친구들을 보며, 나도 모르게 눈물이 흘렀다. 그 꽃다발은 '언제 학교에 올 수 있니?' 라는 질문이 담겨 있었다. 그때 받은 꽃이 난생처음 받아본 소냐라는 장미였고, 그 꽃은 위로와 응원이 가득 담겨 있어 마치 피어나는 신박한 처방 약 같았다. 그 꽃을 받은 뒤부터 신기하게도 몸이 금방 나았다.

그 후 많은 시간이 흐르고, 대학원에서 만난 또 다른 지도 교수님은 아직도 은사라 부르는 분이다. 제4의 상담에 대해 알려주신 분이다. 제자의 흐릿한 눈을 밝혀주어야 '선생'이라 부른다는 것을 저절로 느끼게 해주셨다. 깊은 하나의 질문 '나는 누구인가?' 에 관하여 묻고 대답하고, 또 묻고 대답하는 반복을 했다. 영성에 대한 이야기를 폭넓게 들려주시면서, 신의 모습을 회복하라고, 품격을 단단히 가지라고,

혼들리는 파도를 보지 말고, 바다 자체를 보라고 닫힌 눈을 켜켜이 열어주고자 문답하셨다.

어느 날 평택에 합숙 연수를 받으러 갔는데 숙소에서 밤새 목감기를 앓고 말았다. 아마도 에어컨을 하루 종일 쐬어서 그런 것 같았다. 교수님께서 꿈인지 현실인지 명확하게 구분할 수 없을 만큼 선명하게 나를 방문하셔서 치유해 주셨다. 목 언저리에 손을 얹어 치료해 주시는 그 생생한 느낌, 그 진심 어린 치유자의 포스를 명확하게 기억한다.

그 일이 있고 난 뒤, 교수님을 만났을 때 여쭈었다.

"혹시 그날 밤에 제자들을 생각하고 계셨나요?"

그 질문에 대해 교수님은 귀엽다는 듯이 웃으셨다. 그때 겪은 시공간을 뛰어넘는 신비한 경험을 어떻게 설명하면 좋을지 모르겠다. 교수님께 치유 받는 그 경험은 꿈에 불과했지만, 현실처럼 생생했었기에 시공간을 뛰어넘는 제4의 상담이 가능하다는 것을 더욱 믿게 된 일화가 되었다.

지금껏 만나왔던 선생님 중 좋았던 분들은 한 가지 공통점을 가지고 있다. "왜 그리 슬피 우느냐?"라고 묻듯, 내 존재 자체에 관심을 두셨다는 점이다. 살아도 죽음이 있음을 알라는 메시지를 쿡쿡 찔러 물어주셨고, 죽을 처지라도 삶이 뭔지 알려주는 것을 사명으로 여기는, 진리를 깨닫기 바라는 시선을 지니고 질문해 주신 분들이다.

스승은 제자의 생사에 관심을 가져야 한다. 존재 자체를 귀하게 여겨 주고, 제자들 자신도 자신을 귀하게 여기며 살라는 메시지를 전해야 한다. 앞으로 나아갈 수 있도록 질문으로 도와야 한다. 제자 안에 이미 대답할 수 있는 씨앗이 웅크리고 있음을 믿어야 한다.

"너는 그 답을 알고 있어. 너에게 힘이 있단다."

누구에게나 나도 한 번쯤 스승이 된 적 있었으면 좋겠다는 생각이 문득 스친다.

인공지능 시대에 더욱 삶의 자세를 가다듬어본다. "왜 그리 슬피 우느냐?"처럼, 매일 누군가에게 존재 자체에 대해 다가가 질문함으로 힘을 주는 삶이고 싶다. 잘 가르치는 것이 전문성이라는 생각에 치우쳐 하마터면 '지식 전달자와 기술자'로만 열심히 달릴 뻔했다. 채점하는 사람이 아니라, 그것도 옳고 이것도 옳다고 존재 자체를 인정해 주고 틀린 답에도 가치를 부여해 주는 바쁨을 살고 싶다.

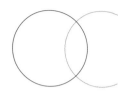

학교의
중심은
누구여야 할까?

●

아침에 일어나자마자 도서관으로 가 책을 반납하면서 새로 읽을 책을 고민하던 순간, 책을 발견하였다. 《아이의 미래를 바꾸는 학교 혁명》이라는 책이다. 그 시기에는 예비 학부모 대상 강의 준비가 있어서, 마음이 '미래 교육'에 집중되어 있었다. 그 책을 발견했을 때 정말 반가웠다.

눈에 띄었던 것은 '기본으로 돌아가라'는 외침이었다. 학생 중심으로 돌아가는 것이 중요하다는 말에 전적으로 동의한다. '국가가 가르치니까 국가가 원하는 것을 해야 하는 것이 당연하다'는 의식은 전환되어야 할 필요가 있다.

학교에서 학생들의 욕구와 알고자 하는 것을 먼저 존중한다면, 어떻게 변화가 생길까? 저자는 아이들이 원하는 것에 먼저 귀를 기울이면, 교사들이 중요하다고 생각하는 것을 아이들이 알아서 해주기 시작한다고 하였다. 이것은 상호 간의 이해와 공감이 있을 때 관계가 원활해진다는 말과 같은 맥락이다. 아이들이 원하는 것이 무엇일까? 아이들이 자신들의 생각을 펼칠 수 있는 공간이 있다면, 아이들과 함께 만드는 교육 과정이 세워질 수도 있다.

학교의 교육 과정은 너무 복잡해지고 있다. 사회 각계에서 원하는 요구 사항이 모두 교육 과정에 추가되는 현실은 체할 정도다. 사고가 나면 바로 안전 교육을 추가하라는 공문이 내려온다. 좋은 것이라고 모두 넣는다면, 아이들이 자신들의 생각을 펼칠 시간이 점점 줄어드는데, 이것이 정말 아이들이 원하는 것일까?

교육 과정에 최소한의 내용만 넣고, 나머지는 아이들이 원하는 것으로 채운다면, 학교는 지금과 많이 달라질 것이다. 아이들의 숨통을 조이는 학교가 아니라 트이게 하는 학교가 될 수 있다. 각 아이의 소질이 다르므로, 공교육에서도 개인화된 교육이 필요하다는 생각에서 나온 것이다. 학급에 있는 학생 수가 적당하다면, 개인별 맞춤 교육은 자연스럽게 이뤄진다.

만약에 예전 초등학교에서 개별화 교육을 받았다면 지금 우리는 어떤 모습으로 살아가고 있을까? 돌이킬 수 없기에 너무나 아쉽다. 요즘 아이들만큼은 그런 기회를 충분히 누릴 수 있어야 한다.

맞춤형 교육과 나란히 아이들 각자의 속도에 맞춘 느린 교육도 가능하다. '느리면 나쁘다' 는 인식이 바뀌어야 한다. 지금까지의 학교가 대량 생산적인 교육을 했다면, 이제는 다양한 아이들에게 맞춘 교육을 해야 한다. 《미래 교육 코드》에서 '원본의 아이들을 복사본의 아이들로 만드는 것' 을 지적하는 글을 읽었을 때, 무릎을 쳤다. 어찌나 안성맞춤 표현인지.

'기억력이 나쁜 아이는 실제로 기억력이 낮은 것이 아니라 몰입도가 부족할 수도 있다' 는 말에 가슴이 아프다. 아이들의 성향을 특정한 표준에 맞춰서 재단해 버리는 것은 아이들에게 큰 부담을 주는 것이 아닐까? 글쓰기는 잘하는데 발표를 잘 못하는 아이가 발표만 잘하면 성장하는 것처럼 생각하는 것은 부당하다. 발표하지 않는다고 해서 그 아이가 생각이 없는 것은 아니다. 자기 생각을 표현하는 것이 어려울 수도 있다. 눈에 보이는 것만으로 평가하는 것은 아주 위험하다.

평가가 꼭 필요하다면, 아이의 발전과 성취를 격려하는 평가만으로도 충분하다. 아이들의 강점에 집중해 주는 교사가 많아진다면, 아이들도 손쉽게 진로를 찾을 수 있을 것이다. 나머지는 아이가 살아가다가 필요하다면 그때 배우면 된다. 평생학습 시대에 걸맞게 배울 길은 지천으로 널려 있다.

하나의 수업 목표로 다양한 아이들을 평가하는 것, 이것이 정말 아이들이 원하는 것일까? 아마도 아닐 것이다. 학교의 평가는 없어도 되지 않을까? 그저 아이들과 함께 학습을 경험할 수 있도록 도와주는 것만으로도 충분하다.

집에서 요리할 때, 가족들에게 평가받기 위해 요리하지 않는다. 배고픈 가족들을 배부르게 하는 것이 목표니까. 어렸을 적, 가장 기억에 남는 집밥은 어머니가 만들어 주시던 '잡곡밥과 콩나물무침'이다. 서귀포에서 자취하다가 주말에 집에 오면 이 밥상이 진정한 행복이었다. 어머니가 특별한 재료나 복잡한 요리법을 사용하지 않았음에도 불구하고, 그 맛과 모양은 어디서도 느낄 수 없는 만족스러운 맛이었다. 밥상과 함께 동그랗게 어머니의 모습도 그려지기도 한다. '잡곡밥과 콩나물무침'은 어머니와 함께 피어나는 잊을 수 없는 추억이 되었다. 학교에 오는 아이들도 비슷한 마음으로 학교에 오게 할 수만 있다면 최고다.

평가는 참 중요하다고 생각했던 내 생각이 언제부턴가 변했다. 평가는 아이들이 스스로에게 내리는 것이 해법이라고 믿을 만큼 말이다. 교사들도 평가문을 작성하는 데 많은 시간을 쓰는데, 그것이 아이들에게 진정 도움이 되는지 의문이다. 평가를 통해 교사들이 권위를 행사하는 것은 아닌지, 그리고 그 평가가 잘못된 것이라면 그 책임을 지려는 각오가 있는지 생각해 봐야 한다. 차라리 그 시간에 아이들이 자신에게 쓴 평가를 읽고, 그것을 교육과정에 반영하는 것이 더 좋다. 평가는 채용을 결정하는 과정에서만 필요하다. 학교에서의 학생 평가는 교육과정을 어떻게 구성해야 할지에 대한 참고 자료로 사용하면 된다.

사람이 사람을 평가하는 것은 모순이다. 교사라는 직업이 학생을 평가하는 역할을 맡고 있지만, 그것이 정말 필요한 것인지에 대해 다시 한 번 생각해 봐야 한다. 교사의 본연 역할은 아이들에게 새로운 경험을 제공하고, 그 경험을 통해 세상을 이해하고 성장할 수 있게 돕는 것이다. 평가보다는 아이들이 더 잘하고 싶어 하는 것에 집중하고, 그것을 돕기 위해 노력하는 학교를 상상해 본다.

자유 놀이 시간을 호기심과 상상력을 펼치는 중요한 시간으로 보는 학교는 아이들의 발전에 대해 이해하고 있는 학교다. 아이들이 놀이를 통해 자신의 개성과 기쁨을 발견하고, 학문적인 성장을 추구한다는 것을 인정한다면, 그것은 아이들이 학교에서 자신을 편안하게 표현하고 자신의 잠재력을 발휘할 수 있는 시간을 제공한다는 것을 의미한다.

아이들이 자유롭게 놀 수 있는 학교를 상상한다. 놀이 시간이 의미 있는 시간으로 인식되도록 교육을 통해 얻을 수 있는 가치와 의미를 제공하는 것이 중요하다. 아이들이 가장 즐거워하는 시간을 학교의 중요한 가치로 인식하고, 이를 통해 교육의 의미를 전해야겠다.

학교에 가면, 아이들이 마음대로 놀 수 있는 시간이 두 시간 정도는 있어야 한다. 아이들의 자유로운 몸과 마음을 제한하는 것이 아니라, 아이들이 자신의 호기심과 관심사를 추구할 수 있는 시간을 제공하는 것이 중요하다. 아이들의 표정이 굳어지는 것은 그들이 자신의 호기심과 창의력을 제한받았다는 방증이다.

수업 시간이 짧아지면 아이들이 환호하고, 방학이 끝나 개학하는 날 아이들이 끌려오는 듯한 표정을 지으며 등교하는 이유를 깊이 생각해 보아야 한다. 학교의 공간 혁신이 진행되고 있는데, 교육과정이라고 부르는 프로그램 혁신도 함께 이루어져야 하며, 공간이 작다면 학년별로 놀 수 있는 시간을 배치하여 아이들이 더 자유롭게 놀 수 있도록 도와야 한다.

책에서 강조하는 교사의 목적 3가지는 잊지 말아야겠다. 학생들에게는 친구처럼, 교사인 우리 자신에게는 엄격하게 대해야 한다는 것 말이다. 이 가치를 항상 마음에 새기면서 교육의 본질에 대해 생각해야겠다.

첫 번째로, 학생들의 잠재력을 최대한 끌어내고 싶다면, 친구처럼 함께해주는 자세로 그들의 자발적 열정을 불러일으키는 것이 중요하다. 그러려면 호기심과 흥미를 불러일으키는 수업 내용을 준비하고, 그것들을 학생들에게 친근하게 전달하는 것이 필요하다. 3월 한 달 동안 아이들이 하고 싶어 하는 것들을 함께 공유하고 탐구하는 시간을 가져보자. 이 과정에서 교사의 역할은 격려와 지지로, 친구처럼 '함께해요!'라며 곁에 서주는 것이 중요하다.

두 번째로, 학생들이 자신감을 가지고 자율적인 학습자

로 성장하며 이해력과 지식을 계속 키워 나갈 수 있도록 도와주는 것이 중요하다. 이를 위해서는 일대일 맞춤형 교육이 필요하며, AI 시스템의 도입이 이 목표를 달성하는 데 큰 도움이 될 것이다. 이 과정에서 교사는 철저한 관찰을 통해 각 학생의 필요와 요구를 파악하고, 그것들을 충족시키려는 방안을 찾아내는 친구 같은 역할을 해야 한다. 이런 노력은 또한 진정한 인성교육을 지향한다.

세 번째로, 학생들이 실험해 보고 의문을 품고 질문을 던지며 독창적 사고의 기술과 기질을 키우는 것이 중요하다. 이를 위해서는 실험하는 즐거움, 의문을 품는 보람, 질문을 들어주는 분위기를 조성하고, 다른 사람들이 미처 생각하지 못하는 것을 찾아보려는 열정을 불러일으키는 것이 중요하다. 이때 교사의 역할은 친구처럼 도와주는 것이다.

《학교 혁명》이라는 책은 교사로서 자세를 재정립하는 데 큰 도움을 준다. 실제로 이런 변화를 구현하는 것은 교사의 몫이다. 학교 혁명은 수년이 걸리긴 하겠지만 반대로 혁명이 일어나지 않으면 상황이 더 악화할 수도 있다.

현재 '학폭'이 심각한 상황에서 교사들은 부지불식간에

'학대'라는 명칭으로 고소당하는 현실에 직면하고 있다. 교사들이 주눅이 들어 학생들에게 오히려 지배와 구속을 당하는 상황이다. 그래서 교육 현장의 개선이 시급하다.

교사 한 사람 한 사람이 변화의 중심이 되어 학교 혁명을 이루어야 한다. 현재 교사들의 상황은 절망적일 수 있지만, 교사들의 변화가 있으면 학교 혁명은 이루어질 수 있다. 교사들이 진정한 교육다운 교육을 할 수 있도록 환경이 개선되어야 한다.

위에서부터의 혁명은 오랜 시간이 걸리며, 아래에서의 저항이 있을 수 있다. 그러니 혁명은 아래에서부터 자연스럽게 시작되어야 제대로 성공한다. 학교 혁명의 중심에는 교사가 있어야 하며, 최근에 닥친 학폭 문제는 교사들에게도 악영향을 주고 절망적인 상황을 만들어냈다. 저자인 켄로빈슨과 루 애로니카, 그들의 작은 날갯짓이 학교 혁명이라는 허리케인으로 몰아치지 말란 법은 없다.

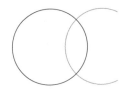

미소 자원이
부리는
마법이라니?

●

'슬라우 행복 십계명' 중에 '하루에 한 번씩은 낯선 사람
에게도 미소를 보내봐요' 라는 조언이 있다. 이는 '미소를 지
어야 할까?' 라는 질문에 대한 답이 될 수 있다. 누군가에게
미소를 받아본 사람이 그 답의 절반을 알고 있다. 그건 마치
공짜로 사랑을 받는 듯한 느낌이 아닐까. 나머지 절반은 미
소를 짓는 사람이 알고 있을 거다.

친구에게 작별 인사를 할 때 미소를 보내는 건 '힘내, 나
를 기억해!' 라는 응원의 메시지를 전달하는 거란다. 꽃들이
피어나고 설레는 마음을 느낄 때 미소를 지으면, 그 미소에
꽃들이 활짝 웃어준단다. 미소를 짓는 순간, 이전에는 존재
하지 않았던 새로운 세계가 열리는 거다. 둘이 하나 된다.

단순한 미소가 행운을 만드는데, 사람들이 이 사실을 인
지하지 못한다는 것에 마더 테레사는 한숨을 쉬었다. 사람

과 사람의 첫 만남에서 가장 중요한 순간은 바로 미소일 거다. 아이들은 '싱긋' 웃어주는 선생님에게 그들의 순수한 사랑을 표정에 담아 보여준다. 집을 나설 때, 가장 멋진 미소를 선물하기로 결심하면 발걸음이 가볍게 변한다.

입꼬리를 올리고 눈가를 살짝 내리며 '방긋' 짓는 미소! 운동처럼 꾸준히 연습해야 자연스럽게 나온다. 평소에 찌푸린 얼굴로 말하는 사람은, 진지한 의견을 내기 위해 무서운 표정을 짓게 된다. 평소에 미소를 자주 지으면, 살짝만 진지하게 표정을 짓더라도 표현력은 두 배로 증가한다.

"추운 겨울에 얻는 따뜻한 미소는 봄 한 철을 다 주어도 바꾸지 않을 거야"라는 프리드리히 니체의 말에서 미소의 힘을 볼 수 있다.

"여러분, 오늘은 최고의 미소를 보여주는 시간을 가져볼게요"라고 초등학교 2학년 아이들에게 말해봤다. 말이 끝나자마자 아이들의 눈이 반짝거렸다.

"먼저, 거울을 보며 자신이 미소 지어보아요. 가장 멋진 미소가 느껴지면 3번 반복해서 연습하세요. 그다음에는 5명의 친구를 만나요. 가위바위보를 하고, 진 사람이 먼저 인사말을 해요. "안녕? 지금 기분이 어때?" 그리고, 미소를 지어요. 이긴 사람은 미소의 느낌을 느껴봐요. '나는 지금 기분이 정말 좋아' 라고 기분을 말하고, '너는?' 그리고, 미소를 지어요. 자, 시작해 봐요~"

미소를 지으라고 했더니 여기저기서 웃음소리가 흘러나왔다. 아이들이 미소의 느낌을 알고 있다. 말할 때마다 얼굴에 활짝 웃음을 머금은 모습들이다. 활동이 끝나고 짝과 먼저 소감을 나눈 후, 전체에게 나누기 했다.

아이들이 "재미있었어요, 부끄러웠어요, 웃음이 계속 나왔어요, 기분이 좋았어요, 나를 보고 친구들이 웃어줬어요"라며 '좋았어요.' 라는 말을 했다. 이어서 수업을 진행했는데 대답하는 아이들의 목소리는 운동을 끝낸 후처럼 시원시원했다. 마치 '나 이렇게 한 번 실컷 미소 지어보고 싶었나봐' 라는 분위기였다.

외출하고 돌아오면 미소 짓는 어머니가 나를 맞아주시곤 하셨다. 그 미소를 생각하면 어느새 마음이 따뜻함으로 가득 차오른다. 미소라는 물감이 만들어내는 마법이다. 미소가 사람을 꼼짝 못 하게 만드는 걸 보면, 결코 하찮은 게 아니다. 특히 어머니의 미소는 노스탤지어가 된다.

수업 시간에 열심히 갸르치고 있을 때, 두 눈을 빛나게 뜨고 미소를 짓는 아이를 가끔 본다. 그런 순간, 교직을 선택한 것이 정말 잘했다는 생각이 들고, 조금 전에 있었던 좌절감이 사라지곤 했다.

그다음은 딱히 떠오르는 미소 경험이 없다. 수많은 사람들을 만나며 풍성하게 미소를 보내며 살았을 것 같은데, 막상 기억하는 미소는 별로 없다. 생각보다 만나기 힘든 것도 미소다. 분명 나도 남에게 미소를 드문드문 보여주었던 탓일 거다. 미소 자원을 꺼내는 건 삶의 에너지를 사용하는 것이고 행운도 불러들인다. 굳어버린 미소가 녹도록 먼저 삶을 보는 따뜻한 시선, 사람을 대하는 존중의 마음을 가슴 깊이 품어야겠다.

소통의
추억이
있다면?

●

6학년 도덕 수업 시간에 있었던 일이다. 이황과 하인의 콩밥 이야기(하인이 주인의 허락 없이 콩을 따가는 행동에 대한 이야기. 다른 사람의 물건을 함부로 가져가면 안 된다는 도덕적 교훈)를 통해 도덕을 배워나가고 있었다.

" '주인이 심어 놓은 콩을 함부로 따 가면 안 된다' 라는 말을 어떻게 생각해요?"

여러 학생의 다양한 생각이 나왔다.

"첩첩산중이라 주인을 찾을 수 없으니, 콩을 따도 괜찮아?"

"그렇다면, 너의 밭 콩을 누군가가 훔친다면 어때?"

"물론 나는 기분이 나쁘지."

"자, 그러니 다른 사람의 입장을 생각하는 하인이었다면 이황에게 꾸지람을 듣지 않아도 됐을 거란 말씀이지."

아이들이 내린 최종 결론은 '아주 작은 것이라도 남의 물건에 손을 대지 않는 것은 자신을 보호하는 일이다. 자신을 보호하려면 순간적인 판단을 잘해야 한다. 아무 생각 없이 움직이면 하인처럼 죄의식이나 양심의 가책 없이 행동하게 되므로 성찰은 중요하다. 이황은 배운 사람이라서 하인에게도 이 점을 알려주었다. 반대로 하인은 성찰이 중요한 것을 배우지 않아서 그랬으니, 배운 우리들은 실제로 성찰하는 사람이 되어야 한다' 등이었다.

아이들의 생각을 지켜보는 동안 엉뚱한 결론이 나올까 봐 걱정했다. 다행히도 피해자의 입장에서 하인의 행동을 판단해 볼 필요가 있다는 의견에 안심했다. 이때 현실적인 문제를 제기해 보았다.

6학년은 편 가르기가 심하다. 친한 친구들과 앉고 싶은 욕구가 강하다. 자리 바꾸는 일에 국회의원 선거 표수 세기처럼 민감하다. 자리를 정해 놓으면, 순식간에 살짝 바꿔치기를 하는 데 여기저기서 불만과 고자질이 나온다. '선생님이 정해 놓은 자리를 마음대로 바꾸는 친구들에게 이황은 무엇이라고 할까요?' 라는 문제를 제시해 보았다.

"민주주의 사회이기 때문에 정해 준 대로 살기보다는 서로 합의하면 괜찮다고 봅니다. 그러니 다시 바꾸는 것은 문제가 없습니다."

아이들은 단호했다. 기대했던 대답은 아니었다.

"그럼, 선생님의 입장이 되어 생각해 봅시다. 왜 이렇게 자리를 정한 것일까요?"

아이들의 주장은 여전히 변하지 않았다.

"내 이야기도 참고해 볼래요? 여러분들이 앉고 싶은 친구들과 앉는 것은 즐거운 일이긴 합니다. 그런데 친구가 없는 아이, 외롭게 앉아 있는 아이들은 표정이 매우 어둡습니다. 모두가 마음 상하지 않게 하는 방법이 무엇일지 고민하다가 이런 방법을 채택한 거였습니다."

학생들은 반론하지 않았다. 그때 한국인의 부족한 점 중 하나가 '성찰'이라고 말하던 영화감독의 말을 전해주었다. 한국인은 자신에게 이익인지 손해인지에 따라 선택한다는 일갈이었다. 양보의 미덕이 점점 사라지고 이기주의가 똑똑하다고 오해하는 상황이 우려스럽다고도 말해 주었다. 수업은 그대로 끝났고, 돌아가는 아이들의 표정은 '그래도 나는 내 맘대로 앉는 게 좋은데'라는 듯하여 씁쓸했다.

"선생님, 수업이 끝났는데, 시간 좀 내주세요. 짝을 강제로 지어주는 것은 공산주의 아닌가요? 그리고 두 번째, 아이들의 발표를 들어보면, 그 아이들의 생각이 왜 저의 마음에 들지 않을까요?"

"음, 그러지 않아도 오늘 수업에서 너의 대답은 논리적이었고, 나도 생각 못 한 좋은 의견을 말해주었어. 내 맘을 울리는 답변을 해주어 고마웠어."

"그래요? 선생님, 저는 다른 아이들도 저처럼 진지하게 말을 해주면, 제가 듣고 재미있을 것 같은데, 그렇게 대답해주는 아이들이 너무 없어서 재미가 없을 때가 많아요."

"음, 그랬구나. 스티브 잡스도 자기 생각이 사람들과 맞지 않아서 외로웠대. 같은 또래라 할지라도 생각의 수준은 다르니까. 너도 아직 마음이 통하는 친구를 만나지 못했을 뿐이야. 그런 친구가 당장 필요하다면 책을 읽어봐. 그러면 친구를 더 빨리 만날 수 있어."

"아, 그래요? 스티브 잡스 같은 사람도 맘에 맞는 친구가 없었네요? 그래서 사람들이 책을 보는 거군요."

"책은 그냥 글이 아니라 내가 찾고 있는 사람이야. 제대로 만나면 신기하고 즐거워질 거야. 너는 생각이 깊어. 너의 그런 좋은 점을 잘 간직하고, 중학교에 가면 꼭 마음이 통하는 친구를 만나게 되길 바래. 선생님도 마음 맞는 친구 만나기가 힘들었어."

"아, 만나기가 그렇게 쉬운 게 아니었네요?"

"그렇지! 너 자신이 먼저 좋은 사람으로 살다 보면, 언젠가 좋은 친구를 만나게 될 테니까 그때 실컷 얘기 나누어봐. 좋은 질문 해주어 고마워."

학생들과 고민을 나눌 때면, 마치 친구를 만난 듯한 행복함이 가득해진다. 아이들은 이미 해답을 가지고 있다는 믿음을 갖고 대화를 이어가기만 하면 된다. 소통의 즐거움은 마치 숨을 깊게 들이마신 것 같은 평안함을 준다.

어느 날, 한 학생이 "선생님, 왜 저만 다른 친구들의 말을 이해하지 못하는 건지, 왜 제 생각이 그들과 다른지 궁금해요"라고 털어놨다. 그 말을 듣고, 우리가 모두 각자 다양한 생각과 견해를 가지고 있으며, 그것이 우리 각자의 개성과 배경에 따라 결정된다는 것을 설명해 주었다. 그런데도 그 학생은 여전히 혼란스러워했다.

"조금씩 천천히 생각해 보고, 다른 사람들의 생각을 이해하려고 노력하면, 결국에는 너의 생각도 잘 전달될 수 있을 거야."라고 말해 주었다. 학생은 고개를 끄덕이며 고마움을 표했다. 다행스러운 느낌, 마음이 일치되는 느낌, 또는 변화의 느낌이 드는 것이 소통의 묘미가 아닐까.

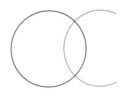

누구의
안부를
묻고 싶은가?

●

자료를 정리하다 보니, 가슴 속에 묵혀둔, 오래된 문자가 보였다. 그때 그 순간, 참 행복했었다. 그 추억을 영원히 간직하고 싶어 캡처해 두었는데 그때의 기억들이 다시 생각나며 따스해지니 마음의 자산이란 이런 것이었다.

반성해야 할 일이 참 많다. 모든 순간을 깊이 생각해 보면, 그때그때 최선을 다해 살아가는데, 견뎌낼 수 있을 만큼의 삶을 살아가고 있음을 의미한다. 때때로 힘든 순간도 있지만, 그것들이 모두 성장에 도움이 되었으니 그리 후회할 것도 없다.

수업을 공개하고 나면 동료들의 피드백을 듣고 가슴이 뭉클해지는 순간이 있다. 용기를 받을 때다. 어려운 시기가 닥치면 그런 순간도 있었음을 기억하며 중화하곤 한다.

"선생님의 수업에서 제가 무엇을 놓치고 있는지 보았어요. 아이들 사이사이로 들어가서 일대일로 만나주시는 모습이 특히 그랬답니다. 수업을 참관한다는 건 나를 돌아보게 하는 일이라는 것을 새삼 느끼게 되니 나도 좀 더 잘할 수 있을 것 같다는 희망이 듭니다."

이런 피드백은 그저 수업을 진행하는 것 이상의 의미를 준다. 그들의 진심 어린 마음을 보면, 그것이 바로 동료 교사에게 이 일을 기꺼이 하게 하는 근거임을 다시금 깨닫는다. 물론 신경이 쓰이고 힘이 들지만 그만큼 힘이 나니, 행복은 나눌 때 오는 선물이다.

교사는 물론, 학생들의 의견과 피드백도 나의 수업을 더욱 풍부하게 만들었다. "선생님, 오늘 수업 너무 재미있었어요.""아하~!" 등의 반응 말이다. 학생들과 동료들에게 감사의 마음을 가지게 되니 어느새 더욱더 교재 연구를 하게 된다. 사람은 함께해야 힘이 난다. 그들이 없었다면 지금의 나도 없었을 거다. 서로의 도움과 지원, 그리고 사랑이 알게 모르게 나를 이끌어 주었으니 그저 감사하다.

훗날에도 아직 웃음과 사랑을 생각나게 하는 그런 삶을 살고 있다면, 그것만으로도 충분하다. 그런 삶이라면, 어려움도 감당할 수 있을 것이고, 삶의 의미도 느낄 수 있다. 언젠가 나 때문에 학교를 옮기지 않았다는 어느 선생님의 문자 한 통이 주는 힘은 대단했다. '세상에 필요한 존재가 되고 있다'는 그 느낌은 나의 두 발을 단단하게 했다. 무심코 보낸 문자일지는 모르겠지만 그래도 좋다. 문득 그분의 모습이 선명히 떠오른다. 생생하게 느껴진다. 이런 혼자만의 즐거움을 그분은 알까? 잘 계시겠지? 그렇게 되어야만 한다! 안부를 묻고 싶은 마음, 행복하시기를 진심으로 바라는 마음이 하늬바람으로 나부낀다.

안부라는 것, 편지라는 것, 진심이 담긴 응원이라는 것이 주는 힘이 이렇다면, '학생들에게 어떻게 전파할까' 하는 생각이 교사들에겐 새로운 도전을 주는 법이다. '안부 묻기 프로젝트는 학생들이 서로에게 따뜻한 관심을 보이고, 서로를 배울 수 있는 멋진 방법이겠구나'라는 생각과 아울러 이 프로젝트를 통해 학생들은 서로의 일상에 관해 물어보고, 그 과정에서 안부를 묻는 것의 중요성을 깨닫게 될 테고, 나아가 '삶으로 정착되면 참 좋겠다'라는 지점까지 상상하게 했다.

일주일 동안 각자가 무작위로 배정받은 친구에게 매일 안부를 물어보는 미션을 진행해 보았다. 처음에는 어색하고 이상하다고 했다. 매일 보는데 뭔 안부를 물으라고 그러냐고 불평 아닌 불평도 보였다. 늘 그렇듯 해보지 않으면 저항은 생기기 마련이라 생각대로 추진했다. 직접 대화를 나누는 것부터, 손편지 쓰기, 문자 보내기 등 다양한 방법을 사용하게 했다.

"오늘은 직접 만나서 서로의 안부를 나누세요. 힘든 일은 없었는지, 즐거웠던 일은 무엇인지, 아픈 적은 없는지, 어떤 공부가 힘들었는지 등 여러분이 생각하면서 서로 나누는 거예요."

처음에는 의심이 들었다. 장난처럼 시작하여 흐지부지 끝날까 봐. 직접 학생들이 나누는 모습을 보니, 어떤 팀은 진지해 보이고, 어떤 팀은 쑥스러운지 장난스럽게 시간을 보냈다. 이때 도움이 되었던 순간은 몇몇 팀이 진지하게 묻고 대답하며 고개를 끄덕이는 모습을 교사가 흐뭇한 미소로 바라봐주는 방법이었다. 다른 학생들도 그렇게 해주기를 바라는 마음을 담아서. 프로젝트 분위기는 점점 차분하게 흘러갔다.

그 다음에 할 때는 손 편지로 안부를 묻고 손편지로 답을 쓰는 방법을 사용했다. 방법을 바꾸니 또 아이들의 반응이 제각각이었다. '말로 하자'는 둥 '짧아도 되냐'는 둥, 역시나 저항이 일어났다. 그런데도 몇몇 학생들이 시작하니 또 분위기가 만들어져 가는 게 신기했다. 사뭇 진지하게 손편지를 쓰는 것을 보면서, 칠판에 예시를 올려주었더니 질문들을 참고하여 금방 완성하는 것이 고무적이었다. 서로에게 전하고, 이번에는 답장을 쓰게 했다. 처음과 달리 잠시 고민하는 듯하더니 술술 쓴다. 이 시간은 짧게 끝났다. 마지막으로 다시 손 편지를 돌려주고 읽어보게 했다. 너나 할 것 없이 아이들의 얼굴에 미소가, 웃음이, 약간 상기된 얼굴빛이 만들어졌다.

주간 미션이 끝난 후에는 학생들끼리 그 경험에 대해 공유하는 시간을 가졌다. 이렇게 함께 이야기하면서, 학생들은 안부를 묻는 것이 상대방에게 얼마나 큰 의미를 가지는지, 그리고 그 과정에서 어떤 변화가 일어났는지를 직접 체험하고 느끼게 해보고 난 뒤 물었다.

"선생님은 왜 굳이 이런 시간을 만들었을까요?"

그때 놀랍게도 한 학생이 답을 했다.

"이렇게 해보니까 친구에 대해서 더 잘 알 수 있고, 함부로 대하지 않게 되는 것 같아요."

학생들의 답은 종종 교사의 시선보다 더 다양하고 좋을 때가 있다.

'안부 묻기 프로젝트'는 서로를 따뜻하게 배려하고 이해하는 인성교육의 방법으로 실효성이 높다. 서로의 일상을 묻고 공유하면서, 서로를 더 잘 이해하고 존중하는 방법을 배울 수 있다. 이 과정에서 학생들은 상대방의 감정 상태를 세심하게 인식하고, 그것을 존중하는 방법도 배운다. 공감능력과 인간관계 능력을 향상할 수 있다. 가끔 원망 아닌 원망이 들 때가 있다.

'왜 내가 초등학생이었을 때 우리 선생님은 이런 것을 가르쳐 주시지 않으셨을까?'

안부를 나누는 방법은 다양하다.

직접 대화하기: 친구와 만나서 '잘 지냈어?'라고 물어본다. 가장 직접적이고 효과적이다.

편지 쓰기: 손 글씨에서 느껴지는 감성이 상대에게 큰 위로가 된다.

메시지 보내기: 만나지 못할 때는 간단한 메시지 하나도 상대방에게는 큰 힘이 된다. 주로 주말에 사용하면 좋다.

소셜 미디어 이용하기: 친구의 최근 소식을 확인하고, 댓글이나 메시지로 안부를 물어보는 것이다. 온라인과 오프라인을 모두 활용할 수 있어 좋다.

안부를 물어보는 것은 그냥 상대방이 어떻게 지내는지 확인하는 것 이상이다. 상대방에게 관심을 보이고, 그 사람이 중요하다는 것을 알려주는 좋은 방법이다. 어떤 방법을 쓰든, 진심으로 안부를 물어보는 것이 중요하다는 말은 꼭 해줄 필요가 있다.

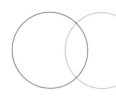

가족 식사 시간을 어떻게 보낼까?

●

아침 5시 30분에 일어나 가족들과 함께 아침 식사를 한다는 한 가족을 소개하고 싶다. 그들에게 아침은 하루를 시작하는 가장 소중한 시간이다. 이렇게 모두가 함께하는 아침 식사는 바쁜 생활 속에서도 가족과의 소통과 애정을 유지하는 비결이다. 그들은 저녁에 모두가 바쁜 일정으로 분산되기 때문에 아침을 중심으로 가족 식사 시간으로 정해 놓았다.

저녁에도 가능한 3인 이상이 모여서 7시 30분에 식사를 하려고 노력한다. 저녁 식사는 가족 모두가 함께 대화하고 공유하며 하루를 마무리하는 시간이다. 가족 간의 유대감을 더욱 강화하는 가치 있는 기회이다. 이런 생활 방식을 처음 들었을 때, 굉장히 놀랐다. 하지만 이런 방식을 통해 가족이 더욱 가까워질 수 있겠다는 생각에 기뻤다.

함께 식사하는 것은 인성 교육의 최적 방법이며, 가족 간의 소통과 애정을 심어주는 중요한 시간이다. 아침 식사를 준비하는 사람을 '군자'라고 부르는 이유는 그들이 사랑을 담아 음식을 만들기 때문이다. 그들의 행동은 모두에게 서로를 존중하고 사랑하는 아름다운 방법을 가르쳐준다. 이런 생활 패턴을 유지하면 가족 간의 유대감이 더욱 강화되고, 서로를 더욱 이해하고 깊이 생각하게 된다.

이탈리아에서는 가족 모두가 저녁 식사를 함께하는 것이 매우 중요한 전통이라고 한다. 가족이 함께 요리하고, 식사하며, 이야기를 나누는 이 시간은 하루를 마무리하는 따뜻하고 유익한 시간이다.

밥상머리 교육은 가족의 식사 시간을 활용하여 진행되는 교육 방식이다. 이는 가족 모두가 함께 이야기를 나누고, 서로를 더 잘 이해하고 배우는 시간으로 활용된다.

아이들에게는 학교에서의 경험이나 친구들과의 일을 이야기하게 하자. 아이들의 일상을 더 잘 이해하는 기회가 된다. 부모는 자신의 직장에서의 일이나 사회적 이슈, 생활 지혜 등을 이야기하며 아이들에게 다양한 경험과 지식을 전달할 수 있다. 아이들에게 세상에 대한 새로운 시각을 제공하고, 문제 해결 방법을 배울 수 있다.

또한, 아이들이 배려심을 배울 좋은 기회다. 가족 모두가 함께 식사를 공유하며, 차례를 지키고, 서로를 배려하는 등의 방법으로 인성 교육을 실천하는 장이 된다. 더할 나위 없이 좋은 교육장이다.

밥상머리 교육은 단순히 식사 시간을 더욱 풍요롭게 만드는 것이 아니라, 가족 간의 소통을 촉진하고, 서로의 이해를 깊게 하며, 아이들의 안정된 성장을 돕는 중요한 기회다.

학급 아이들이 각자 집에서 어떤 상황인지 아침식사 여부로 확인해 볼 수 있다. 1학년 아이들에게 아침밥을 먹었는지 손들어 보라고 했더니, 놀랍게도 반도 안 되었다. 마음이 아팠다. 함께 매일 먹는 밥상이 되도록 국민의 삶을 조정해 줄 필요를 느꼈다. 아이들이 아침 밥상에 둘러앉을 수 있도록 전 국민 출근 시간을 늦추는 것은 어떨까? 부모로서 다른 것은 사정이 있어서 못 하더라도 한 끼 한 밥상에 둘러앉을 일이다.

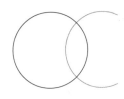

초보자에게는
어떤 기회가
존재할까?

●

　구미에서 근무하는 선생님으로부터 편지를 받았다. 선생님은 대구에서 열린 수업활동가 훈련과정에 참가하셨다는 소식을 전해주셨다.

　훈련에 참여하기 전에 선생님이 내 수업 동영상을 미리 보셨다는 것을 알게 되었다. 그 덕분에 나중에 헤어질 때, 그분의 편지를 받게 되었다. 수업 동영상을 무려 80분 동안이나 보셨다는 사실을 뒤늦게 알게 되었다. 그런데 선생님은 첫 번째로 수업 안내자 역할을 수행하면서 어려움을 겪었다. 선생님은 제대로 안내자 역할을 수행하지 못했다며 자책하고, 훈련 과정에 참여하는 것 자체마저 힘들어하셨다. '나는 수업 나눔의 리더를 할 수 없을 것 같다' 라는 말까지 들었는데 예전에 비슷한 감정을 느꼈던 때가 있어 공감이 갔다.

　처음에는 익숙하지 않은 수업 나눔 방법에 어색함을 느

껴었다. '적절한 직면의 질문은 어떻게 해야 하지?' 라는 생각이 들었고, 수업자가 성찰하도록 해야겠는데 어떤 질문을 해야 할지 어려웠다. 말이 잘 나오지 않아 느꼈던 불안감까지, 모든 것이 생생히 기억났다.

와중에 훈련 마스터 선생님이 중간에 시범을 보여주셨다. 그 상황에서 그 선생님의 말수는 더 줄어들었다. 그때 초보 운전 시절을 생각나게 했다. 주차 중에 갑자기 가속기를 밟아 벽에 부딪힌 것, 좁은 길을 가다가 차를 긁힌 것 등 땀나는 장면이 겹쳤다.

시간이 흘러 그런 어려웠던 상황을 겪은 탓인지 덕분에 이후로 벽에 부딪히지 않았다. 길이 좁다고 느낄 때는 미리 주의하고 조심했다. 초보와 고수의 차이는 바로 경험의 차이에서 비롯된다. 초보는 아직 몸으로 덜 익힌 사람이다.

초보는 열심히 배우는 자세가 필요하다. '여기서 내가 무엇을 잊지 말아야 할까' 라는 생각을 해야 하고, '질문을 하기 위해 잘 관찰해야겠구나!' 라는 생각도 해야 한다. '쉽게 얻은 것은 소중하지 않아!' 라는 생각까지 할 수 있으면 좋다. 회복탄력성을 발휘해서, 소진된 에너지를 충전해야 한다.

좌절이 어떤 것인지 새롭게 배웠다. '준비' 상태에 들어

가려고 일어서려는 단계라는 걸 알게 되었다. 그리고 새로운 꿈을 꾸라는 신호라는 걸 깨달았다.

'사람으로부터 받는 상처' 조차 새로운 소원을 이루는 방법이라는 걸 알게 되었다.

"그 사람을 용서해 주세요."

"나는 그 사람처럼 살지 않게 해주세요."

"좋은 사람을 만나게 해주세요."

이처럼 선생님의 걱정 또한 이와 같은 속내를 갖고 있을 것이다.

이번 주 토요일에 이 선생님을 만나 어떻게 어둠에서 일어났는지 이야기를 나눠볼 계획이다. 가끔 아픔은 큰 '직면'이 될 수 있다. 인생을 다시 돌아보고 통찰을 얻게 만든다. 도피하지 않고, 행복하게 근신하면 성장이 선물로 온다.

한 예술가가 처음으로 그림 전시회를 열었다. 그러나 그의 작품들은 대중에게 큰 호응을 얻지 못했고, 비판의 목소리만 높았다. 그는 좌절감을 느끼며 그림을 그리는 것을 그만두려고 결심했다. 그런데 어느 날, 그의 작품에 감동한 어린이가 그림을 그려 보여 줬다. 그 작은 아이의 순수한 반응에 그는 다시 그림을 그리기로 결심했고, 그 후로 그의 작품은 대중에게 큰 사랑을 받게 되었다. 좌절의 순간에서도 희망을 찾아내면 다시 일어날 수 있다.

유명한 바이올리니스트 이작 펄만은 3세 때 어머니로부터 바이올린을 선물 받았다. 하지만 초보였던 그는 손을 제대로 대지 못해 곡을 연주하는 것조차 어려웠다. 이를 본 어머니는 그에게 "네가 이렇게 연습하면서 어렵다고 느껴진다면, 그것은 네가 배우고 있다는 증거야"라고 말해 주었다. 이 말은 이작 펄만에게 큰 힘이 되었으며, 그는 결국 세계적인 바이올리니스트로 성장하게 되었다. 초보라는 것은 부끄러운 것이 아니라, 성장 중이라는 증거다.

유명한 국제 체스 챔피언, 마그누스 칼센은 어릴 때부터 체스에 뛰어났지만, 첫 국제 대회에서는 좋지 않은 결과를 얻었다. 그는 좌절했지만, 그는 자신이 아직 초보이며 많은 것을 배워야 한다는 사실을 깨달았다. 그는 좌절감을 배움의 기회로 삼았다. 체스에 대해 더 많이 공부하고, 경험을 쌓기 위해 여러 대회에 참가하였다. 그의 노력은 결국 성공으로 이어졌고, 그는 세계 체스 챔피언이 되었다. 초보의 시기와 좌절의 순간은 더 큰 성장으로 나아가는 발판이다. 귀찮다고 걷어차 버리지 말 일이다. 초보자에게는 성공의 기회가 존재하기 때문이다.

카르페 디엠, 오늘을 즐기라

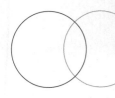

하하족과
루비족으로
사는 건 어떨까?

'하하족'이라는 단어는 시니어들이 적극적으로 소비하고, 투자하면서, 젊음을 유지하는 모습을 아주 친근하게 표현한 말이다. 새로운 것에 대한 호기심이 가득하고, 생활에 열정적으로 참여하면서 젊음을 유지한다. 일본 오키나와에 사는 하하족은 근면하고 인내력이 뛰어난 모습으로 유명하다. 아무리 어려운 상황이라도 절대로 포기하지 않고, 어려움에 맞서는 강한 정신력을 갖고 있다고 한다.

한국에서는 신선하고 활기찬 중년 여성들을 '루비족'이라 부른다. 이들 역시 새로운 사회적 지위와 활동을 통해 자신들의 삶을 풍요롭게 만들고 있다. 공동체 활동이나 사회적인 모임을 통해 친목을 다지고, 서로를 배려하면서, 서로의 경험과 지식을 공유하는 것을 좋아한다. 새로운 사회적 연결망을 만들면서, 삶을 풍요롭게 만든다. 주로 사회봉사 활동이나 지역사회에 기여하는 일에 열정적으로 참여한다.

그런데, 루비족은 혼자서 나들이하거나 여가 시간을 즐기는 것을 좋아한다. 자신을 중심으로 삶을 즐기는 방식을 선호함을 보여준다. 쇼핑, 카페 방문, 공원 산책, 미술관 방문 등 다양한 개인적인 취미 활동을 즐기며 자기 삶에 만족감을 느낀다.

공동체 중심의 하하족과 개인 중심의 루비족은 대조적인 면을 가지고 있지만, 두 그룹 모두 자연스럽게 나이 드는 것을 인정하고, 그 과정을 즐기는 방식을 지향한다. 이들은 노력하여 젊게 보이려는 것보다는 자연스러움을 더 선호한다. 이런 시니어들을 일본에서는 '단카이 세대(베이비붐 세대)'라고 부르며, 이들은 자신의 삶을 적극적이고 문화적인 방식으로 이끌면서, 의미 있는 즐거움을 찾는 데 집중하고 있다.

공자의 말은 그들이 삶에서 얻는 즐거움과 만족감, 그리고 삶을 이끄는 방식에 대해 아주 잘 설명하고 있다.

"배우고 때때로 그것을 익히면 이 또한 기쁘지 않은가! 벗이 있어 먼 곳에서 찾아오면 이 또한 즐겁지 않은가! 남이 알아주지 않아도 노여워하지 않으면 또한 군자답지 않은가!"

어떤 여정이 시작될 때 그 첫걸음은 항상 기본에서 시작한다. 언어 학습도 마찬가지로 단어와 문법, 그 언어의 기초를 익히는 것이 첫걸음이다. 기본을 잘 다진 후, 그 언어를 실제로 사용해 보는 단계로 나아간다. 그리고 지속적인 연습을 통해 언어 사용 능력을 점차 능숙하게 만들어 나가며, 언어 학습의 진정한 목표인 실력 향상을 이루게 된다. 이런 과정을 통해 어느새 자신감이 생기고, 다양한 표현을 자유롭게 사용할 수 있게 되는 것이다. 이런 성장 과정을 통해 느껴지는 기쁨을 공자는 전하고 싶었던 것 같다.

가까운 사람이나 친구가 멀리서 찾아오는 상황을 공자는 또한 즐거움으로 표현하였다. 이는 서로의 관계가 더 깊어지는 과정이며, 이런 친구들이 다시 찾아오는 것은 그 자체로도 큰 기쁨이다. 이는 서로 간에 매우 중요하고 소중한 관계를 보여주는 증거이기 때문이다.

공자는 우리에게 다른 사람의 인정이나 칭찬을 받지 않아도 자신에 대한 확신과 안정감을 가지는 것이 중요하다고 가르쳤다. 때때로 주변 사람들이 우리의 노력이나 재능을 알아주지 않는 상황에 부닥칠 수 있다. 그러나 우리가 자신의 가치를 외부 인정에 의존하지 않고, 내면의 강인함을 가지고 있다면, 타인의 인식에 간섭받지 않고 자신만의 길을 가게 된다. 나와 남의 의견을 분리하고, 내적 안정감을 유지하는 것이 군자답게 살아가는 방법이라는 말이다.

공자가 말한 삶의 즐거움 세 가지를 기억하는 하하족이 되고자 한다. 배움이 주는 기쁨, 친구가 주는 즐거움, 그리고 타인의 인정을 받지 않아도 노하지 않는 마음가짐. 이 세 가지를 기억하며, 군자적 삶을 살아가야겠다.

사회적 지위가 아니라 도덕적 품성이 높아 존경받는 군자로서의 '삶의 즐거움'이라는 말과 일본의 '하하족'에서 얻은 교훈을 통합한 새로운 어른의 모습을 그려보게 한다.

자기 자신을 조망하고, 긍정적인 대화를 나누며, 감사하는 태도를 갖는 것 등을 실천하면서, 다른 사람의 의견을 더 존중하고 더 이해해야겠다. 유연성을 유지하는 방법이며, 자신만의 기준을 잘 유지하면서 편견을 줄이는 방법이기 때문이다. 대신, 나와 남의 의견을 분석하고 검토하며 합리적인 판단을 내리는 건전한 비판력도 발전시켜야겠다. 그리하여 외부의 영향에 휘둘리지 않는 삶을 살고 싶다.

많은 사람들이 자기 관리와 스트레스 관리를 통해 내적 안정감을 유지하기 위해 충분한 휴식과 깊은 잠, 균형 잡힌 식사, 그리고 근육을 강화하는 운동 등 건강한 라이프 스타일을 추구한다.

　노년기에 홀로 서는 것이 인간의 최종 목표인지도 모른다. 무엇보다 내적 안정감이 가장 중요하다. 'Happy Aging Healthy & Attractive'라는 의미를 가진 신조어 '하하족 되기'를 목표로 하여, 자기 계발을 하면서도 즐겁고 젊음을 지향하는 신중년으로 살아 간다면 어떤 그림을 그리게 될까?

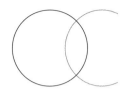

웰에이징하기
위한
꿈을 꾼다면?

●

'웰빙', '웰다잉(존엄사)', '안티에이징(항노화)' 이란 말이 꽤 익숙한데, '웰에이징(건강 노년 맞이)' 이란 말은 어쩐지 새롭다. 사실, 아름답게 나이 들어가는 것에 대해 깊이 생각해 본 적이 없어서 이 키워드를 통해 알아보았다.

'웰에이징' 이란 용어는 건강하고 활동적인 노년을 지속할 수 있는 개념이다. 건강, 건강 관리, 라이프스타일, 사회 및 경제적 요인에 관한 연구가 활발하게 이루어지며, 인구 고령화 문제에 대한 인식이 높아짐에 따라, 나이 드는 것을 긍정적으로 받아들이는 사람들에게 큰 가치를 준다.

고령화 사회란, 65세 이상 인구의 비율이 상대적으로 높아지는 사회다. 출산율이 감소하고 평균 수명이 증가함에 따라, 비율은 계속 증가할 것이다. 우리나라는 고령화가 빠르게 진행되는 관계로, 이에 대한 준비와 대응이 국가적으로나, 개인적으로 점점 더 중요해지고 있다.

　노후는 건강이나 인지력이 조금 약해지는 시기다. 웰에 이징을 위해서는 사회적 관계와 자기계발 등을 포함하여 의외로 이전보다 더 열심히 자기 관리를 해야 하는 시기이기도 하다. 은퇴가 쉬는 시작이 아니라 새 일을 준비해야 하는, 일의 끝이 없는 세상이 되어버렸다. 일자리가 없다는 사람이 있지만, 일할 사람이 부족하다는 말도 있다. 한가한 여생은 이제 사라질 것 같다는 생각이 들 수도 있다. 연금을 믿고 살아보려 했는데 그것 또한 불안한 시스템이라서 큰 걱정이 되는 건 사실이다.

　자식들도 자기들의 미래를 챙기느라 바쁘다. 예전처럼 부모를 모시는 일이 어려워진 것도 사실이다. 요즘은 부모도, 자식도 독립적으로 각자의 삶을 살아가는 상황이다. 건강이 따라주지 않으면 복지에 의존해야 할 수도 있지만, 나라의 사정도 그리 튼튼해 보이지 않으니, 아껴야 한다.

　나이 듦은 생명의 공통점이다. '나이'라는 단어만 떠올려도 마음에 뭔가 묵직하게 걸린다. 성경에 보면, "보이는 것은 잠깐"이라고 했다. 나 역시 어느덧 반백을 넘어섰다. 어렸을 때는 시간이 너무 느리게 흘러서 하루가 길었는데, 인생 후반전은 속도감이 전반전과 꽤 많이 차이가 난다.

겉모습은 늙어도 내면은 날로 새로워져야겠다는 생각에 책 5권을 주문해 놓았다. 어쩌면 나의 무의식은 나이 들어감을 두려워하고 있는 것 같다. 그런데도 새 희망으로 가슴 두근거리는 시간을 만들어 가는 것을 과제로 삼아 전두엽과 편도체를 관리해 나가야겠다.

B.F. 스키너의 《스키너의 마지막 강의》, 소노 아야코의 《나는 이렇게 나이들고 싶다》, 요한 크리스토프 아놀드의 《나이 드는 내가 좋다》, 김동길의 《나이 듦이 고맙다》, 박상철의 《웰에이징》이라는 책들을 읽게 될 것인데, 이를 통해 나이 듦을 더욱 긍정적으로 받아들이고 새 희망을 품을 수 있었으면 좋겠다.

성경의 '모세'는 80세에 출애굽 사명을 받았고, '갈렙'은 85세에 헤브론을 정복하는 데 나섰다. 나이가 들어서야 자신의 사명을 완수하였다는 점이 놀랍고도 다소 희망적이다. 피터 드러커에게 "당신이 쓴 책 중에 어느 것이 가장 훌륭하다고 생각하십니까?"라고 물었다. 그의 대답은 매우 인상적이었다. "다음에 나올 책"이라고 말했단다. 이미 90세가 넘은 나이지만, 열정과 의지에 놀랐다.

세계적인 작가들 사이에서는 "진정한 작품은 80세가 넘어서서 쓴 책"이라는 말이 있다. 이는 아마도 그들이 많은 경험과 지혜를 쌓아온 결과, 그런 나이에 이르러서 글을 쓴다면, 여러 번 버리고 다시 쓴다는 과정을 거치며 가장 정제된 표현을 찾은 이유일 것이다. 그만큼 깊이 있고 성숙한 내용을 담고 있게 될 가능성이 높다.

정말 중요한 것은 수명의 길이가 아니라 삶의 깊이다. 모두가 알듯, 후회나 욕심, 분노 같은 부정적인 감정은 마음과 영혼을 새롭게 만드는 데 전혀 도움이 되지 않는다.

어떤 분이 세상을 떠났는데 발견된 그의 기도 수첩에는 3,000명의 이름이 적혀 있었다고 한다. 타인을 지향하는 삶이 주는 따스함이 느껴진다. 노후에 그들을 위해 기도하는 시간을 가지는 모습을 상상만 해도 아름답다. "자원봉사는 내 인생의 양념"이라고 적힌 옷을 본 적이 있다. 심심한 인생이 싫은 만큼 소중한 자원봉사를 해야겠다. 이것이 웰에이징의 한 시작일 수 있지 않을까.

웰에이징이란 나이 드는 것에 대한 생산적인 접근 방식이다. 그렇기 때문에, 모든 것이 의미 없다고 생각하는 순간에도, 그 너머에 있는 가치를 찾으며 살아가야 하는 것이다. 학창 시절에 알게 된 스피노자의 명언, "세상이 끝나간다 해도 나는 한 그루의 사과나무를 심겠다"라는 말은 이 시기의 나에게 비로소 큰 힘을 준다.

친구처럼 책을 읽어 주는 웰에이징
함께 누군가를 위해 기도하는 웰에이징
어떤 것이든 아낌없이 가르쳐 주는 웰에이징
마음을 열고 라이프 코칭해 주는 웰에이징
공부하여 조금이라도 나아지는 웰에이징
성찰한 이야기를 책으로 써보는 웰에이징

어느 날, 삶과의 작별 시간에 나도 물든 단풍처럼 아름답게 세상을 하직하고 싶다. '잘 물든 단풍은 봄꽃보다 아름답다'라는 말이 딱 내 황혼의 모습이었으면 한다.

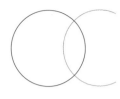

사람다우면서
나답게
산다는 것은?

●

공자가 제자들에게 한 말이다.

"들어오면 효도하고 떠나면 우애롭고, 삼가고 믿음이 있으며 널리 대중을 아끼면서도 인한 사람을 가까이하라. 실천하고 남는 힘이 있으면 곧 글을 배우라."

제자라는 것은 사부와는 반대 개념으로 '젊은' 사람이다.

효도할 것
우애로울 것
삼갈 것
믿음이 있을 것
대중을 아낄 것
어진 사람을 가까이할 것
글을 배울 것

모두 쉽지 않은 '관계'의 문제들이다. 하지만, 가장 필요한 것들이다. 모두, 행하는 자를 위한 것이다. 그런데 세상은 정반대가 대세인 것이 안타깝다. 어쩌면 이 모든 것은 유치원 나이에서부터 배울 수 있는 가치들이다. 기초와 기본이기 때문이다.

사람이니 사람이 되는 방법을 인생 초기에 배우고 익혀야 하는 것은 당연하다. 우습게 여길 일이 절대 아닌데 사람이 사람됨에 덜 관심을 두는 것 때문에 세상이 그다지 평화롭지는 않다. 나 또한 결코 사람됨에 있어 충분치 못하기에 부끄럽다.

'사람됨'은 일반적으로 사회 및 인간관계에서 바른 행동이나 예절을 지키며 도덕적으로 올바르게 행동하는 것을 의미한다. 배려와 존중을 표현하며, 타인을 이해하고 돕는 행동을 포괄한다. 문화와 가치관에 따라 다소 다른 요소들이 포함되기는 하지만 사회를 유지하기 위한 중요한 가치 중의 하나다.

'나됨'은 '나로서 자질을 갖추고 있다'라는 의미다. 자기 자신을 존중하고, 자아를 발전시키며, 자기 계발에 노력하여 잠재력을 최대한 발휘하는 것을 뜻한다. 나됨은 개인이 자기와 타인, 사회와의 관계에서 더욱 건강하고 만족스러운 삶을 살아갈 수 있도록 도와준다.

'내가 없으면 아무것도 없다' 면서 '나 위주의 삶을 살자' 는 말을 많이 한다. 이 말 속에는 남이 없다. 그렇다 보니 저마다의 울타리 안에서 분주하지만 때로는 고독하게 머문다. 나를 위하다가 나를 고립시키는 꼴이다. 행복은 마음의 편안함과 아울러 환경도 함께 가꾸어야 한다. 행복하기 위해 나됨과 사람됨을 동시에 체크하고 곱씹어가며 살아야겠다.

닭이 먼저냐 알이 먼저냐를 따지는 것이 무슨 소용이겠는가마는, 이것만은 순서가 있어야 한다. 사람다움의 바탕 위에 나다움을 올리는 순서 말이다. 나로 서다가 스러지면 내가 나를 구원하긴 힘들다. 사람다움으로 서다가 스러지면 부추겨 줄 사람이 있으니 언젠간 다시 서지 않겠는가.

예전에는 사부작거리며 혼자 해내는 일이 많았다. 수업 연구도 혼자, 공부도 혼자, 운동도 혼자, 식사도 혼자, 책도 혼자 읽기 식이었다. 몇 년 전부터 이 방법을 의식적으로 바꾸려 노력한다. 할 수 있으면 더불어 할 수 있는 시간을 만든다. 온라인이든 오프라인이든 구분하지 않는다.

책은 혼자 읽어도 배움과 감동이 일어나긴 한다. 그런데 여럿이 읽으면, 공감과 확장이라는 두 가지 이상의 선물도 받을 수 있다. 간혹 내가 잘못 해석하여 읽은 부분도 다행히 깨닫게 된다. 독서 클럽을 만나면 주저 없이 입장하는 편이 되었다. 클럽도 유기체라서 살기도 하고 죽기도 한다. 각자가 성실하게 책 호흡을 하려 노력해야 산소가 유입되어 생명이 길다.

운동도 혼자 하다 보면 동작이 틀려도 그냥 넘어가며 적당히 하게 된다. 함께 하게 되면 뭔지 모르게 태도가 달라진다. 서로 동작을 관찰하며 조언을 해주기도 하고, 운동하고 있다는 것을 인증하기 위해 게으른 몸을 일으키기도 한다. 인간 본성은 게으름이니 끌어주고 끌려가는 자극이 없으면 여간해선 혼자 운동은 지속되기 어렵다.

사람됨의 가치는 욕심을 버림에 있다. 속임을 당할 수도 있고 손해를 볼 수도 있겠지만, 나의 행동은 언젠가 부메랑이 되어 돌아온다고 믿으며 산다. '누워서 침 뱉기'는 나쁜 경우이고, '은혜 갚은 까치'는 좋은 경우다.

눈에 보이는 것이 전부가 아니다. 일거수일투족을 공기

가, 하늘이, 땅이, 자연이 지켜보고 있다. 만물이 보고 있다는 생각으로 이래도 '허' 저래도 '허' 웃으며 살아보자고 다짐한다. 사람다우면서도 나답게 깨어 있는 삶을 잊지 말자고 내 마음에 엄지를 걸어본다.

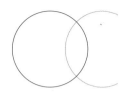

자기 삶의
질감을
꼽아본다면?

●

내 인생에서 생각나는 것 다섯 가지를 꼽으면 '고향, 독서, 시간 스트레스, 애완견, 어머니' 다.

고향

어머니와 할머니와 나의 고향은 제주도다. 집에서 조금만 걸어 나가면 검은색 돌들과 함께 바다가 펼쳐진다. 작은 섬이지만 이사를 자주 다녔다. 살았던 곳은 신창, 의귀, 행원, 봉개라는 곳이다. 신창은 초등학교 3학년 때까지 살았다. 할머니와 외숙모 가족과 지내는 시간이 많았다.

의귀는 중학교 1학년 때까지 살았다. 4km 정도 되는 거리를 가방 지고 걸어 다녔는데, 힘들다는 생각은 하지 못했다. 친구들과 함께 걸었기 때문이다. 행원은 고등학교 2학년 때까지 살았는데, 집 뒤 바다낚시를 하던 추억이 있다.

봉개는 대학 졸업 때까지 머물렀던 곳이다. 교회를 중심으로 청소년 시절 중 가장 즐겁게 지냈던 곳이지만 아버지가 쓰러진 슬픈 곳이다. 학창 시절에 살던 곳마다 새로운 곳이었기에 오래된 친구를 만들 수가 없었던 게 아쉽다.

독서

지금과 달리 학생 시절까지는 책을 별로 읽은 기억이 없다. 고등학교 시절에 술술 넘어가던 연애소설이 기억나는 전부일 정도다. 《데미안》이라는 책도 기억나는데, 그 당시에는 이해하기가 어려웠다. 40대 들어 교회에 다닐 때 독서 모임에 무턱대고 들어갔는데, 읽은 책을 원고로 만들어서 발표하는 식이었다. 처음 만난 낯선 상황에 두려웠지만, 하다 보니 뭔가 있어 보이는 뿌듯함이 있었다. 주로 신앙 서적을 읽었는데, 스마트한 회원들이 깊이 있게 읽어내는 것을 보며, 책을 나누며 배우는 재미를 느꼈다. 지금은 3개의 독서모임을 진행하고 있다.

시간 스트레스

30여 년 이상의 교직 생활에서 가장 스트레스를 받았던 것은 '시간' 이다. 5년 전만 해도 출근 시간에 맞춰 빠듯하게 도착하곤 했다. 가끔은 지각도 했는데, 그때마다 불편했다. 그뿐만 아니다. 수업의 고민이 무엇이냐고 누군가 물었을 때, 서슴없이 '수업 시간이 부족 하다' 는 대답이 툭 튀어나오곤 했다. 아이들도 점심 먹으러 가야 하는데 좀 빨리 마쳐 달라고 부탁하기까지 했다.

약속에 나갈 때도 먼저 나가라고 많은 가르침을 받았지만, 시간이 아깝다는 억지 논리로 빠듯하게 가곤 했다. 그래서인지 나는 항상 프리랜서로 살고 싶다는 꿈을 가지게 되었다. 시간을 고무줄처럼 내 맘껏 조율하며 살고 싶어서다.

와중에, 원수는 외나무다리에서 만나는 것이 틀림없긴 한가 보다. 남편은 나보다 더 시간을 지키지 못한다. 곧 온다고 해서 기다리다 보면 1시간은 족히 넘겨버린다. 그런데도 짜증을 내려는 나를 내리눌러야만 했다. 내 모양, 내 그릇을 알기 때문이다. 규칙적인 생활은 내게 여전히 매력 없는 모습으로 느껴지는 영역이다. 쫓기듯 살지 않는, 시간에서 여전히 자유로워지고 싶다.

애완견

중학교 다닐 때 발바리 한 마리를 키운 적이 있다. 적막

한 시골이었기에 집에 귀가하면 꼬리를 흔들며 고요한 공기에 생기를 불어넣어 주곤 했다. 강아지가 있어 집에 가는 발걸음이 가벼웠다. 지금도 두 마리의 강아지와 함께 살고 있다. 낯선 곳에서 가족 소개할 때는 당당하게 둘을 합쳐 3남 1녀라고 말하곤 한다.

시장에 갈 때면 가족의 음식을 사지 않아도 애견 간식은 사서 온다. 챙길 것도 많고 살 것도 많고 치울 일도 잦은데 즐겁다. 이 아이들 생각에 웬만하면 1박을 하는 여행이나 출장은 가지 않는다. 내 삶의 풍경에 늘 함께 찍히고 싶은 내 옥시토신의 큰 조력자들이다.

어머니

돌아가신 지 벌써 10년이다. 운전면허를 따기 전에 호들갑을 떨고 있으면 "하면 된다"라고 말하며 등을 두드려 주셨다. 낳아 본 적이 없는 아이를 낳을 때도 "다른 여자들 다 아이 잘 낳는다. 할 수 있다"라며 힘을 주신 적도 있다.

나에게 기쁜 일이 생기면 나보다 더 당신의 일처럼 기뻐하시던 모습이 눈에 선하다. 용돈을 드리면 "안 줘도 되는데 주는구나. 고맙다. 잘 쓸게."라며 주는 마음의 기쁨을 배가

시켜 주시곤 하셨다.

외식을 할 때면 음식을 하나도 안 남기고 다 드셨다. 낸 돈이 아깝다시며 뭉클하게 만들곤 하셨다. 돌아가신 후에도 몇 번 꿈에서 뵈었다. 가족 중 하나가 힘든 일이 있을 때마다 어머니가 꿈에 오시곤 하셔서 신기했다.

지금도 문득 어머니가 그립고 보고 싶다. 평생 자식들을 잘 돌봐 주셨던 어머니가 너무도 감사하기만 한데 고맙다는 말을 평소에 밥 먹듯이 진지하게 드린 기억이 없어 안타깝다. 언젠가 만날 날이 올 것이라고 굳게 믿는다. 그때는 꼭 "엄마, 고마워. 너무너무 보고 싶었어"라고 말씀드리겠다.

내 인생의 다섯 가지를 이렇게 정리해 보니 살아낸 세월이 곧 스토리의 연속임을 본다. 앞으로의 일상으로 쓰일 새로운 이야기는 무엇일까. 놓치는 중요한 지점은 없는지 하루하루를 눈여겨 살아가야겠다. 미래란 과거의 아쉬움을 채워나가는 시간이기도 하다. 나 자신에게도 이웃에게도 질적인 추억만 낙엽처럼 아름답게 물들이면 좋겠다.

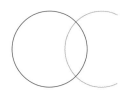

옷은
내가 정하나
몸이 정하나?

내가 좋아하는 음식은 어머니가 만들어 주신 것들이다. 지금은 기억 속에서만 존재하는 맛이 되어 버렸다. 쪽파를 데쳐서 양념장에 찍어 먹으면 밥이 없어도 좋았다. 콩과 좁쌀과 쌀, 보리 등을 넣어 약간의 보랏빛이 감도는 잡곡밥은 반찬이 굳이 없어도 되었다. 미역을 넣고 끓인 싱싱한 생선국 때문에 감칠맛이 어떤 느낌인지 알았다.

어머니가 차려 놓으신 밥상은 항상 간단했다. 모두 한두 개, 서너 개가 전부였지만, 각각의 그릇에는 밥과 국과 반찬이 가득 풍성히 담겨 있었다. 이제야 알 것 같다. 음식 종류가 적어서 양으로 승부를 냈다는 것을 말이다.

아직도 그날들의 그 식사가 무척이나 그립지만, 영원히 먹을 수 없는 그림이 되어 버렸다. 가끔 어머니가 해주셨던 음식을 흉내 내보곤했지만, 그 맛은 전혀 아니라서 혼자 쓸쓸했다. 소박하지만 그릇마다 그득 담겼던 그날의 밥상, 그

모형만이라도 다시 눈에 넣어봤으면 좋겠다.

어머니가 안 계신 지금도 밥을 가장 좋아한다. 반찬이 들어가야 음식이라 불릴 수 있겠지만 밥만 먹어도 만족할 때도 종종 있다. 오죽하면 맛있는 밥을 지어보기 위해 온갖 종류의 밥솥을 샀을까. 돌솥, 압력솥, 저당 밥솥, 가마솥, 전기압력솥, 일본식 밥솥 등 산 주방 살림 중 가장 투자를 많이 했다.

경험상 가장 밥맛이 좋았던 것은 매우 두껍고 무겁고 납작하게 생긴 압력솥이다. 지금도 주방의 가장 좋아하는 아이템이다. 최애 솥으로 잘 지어보고 싶은 밥은 잡곡밥이다. 큰콩, 작은콩, 보리쌀, 흰쌀, 좁쌀 등이 들어간 밥 짓기에 성공하고 싶다. 어쩐지 나의 밥 DNA로는 어릴 적 어머니가 지어 주셨던 그 밥맛을 찾아내기가 쉽지 않다. 음식은 나를 기르고 보살펴 주셨던 손길을 잊지 못하게 하는 마법이다.

내가 싫어하는 음식은 고등어다. 고등어만 먹으면 온몸에 두드러기가 돋는다. 등푸른 생선은 사람의 몸에 건강을 준다는데 내겐 견딜 수 없는 가려움일 뿐이다. 다행스럽게도 다른 생선들은 아무 문제가 없다. 지금도 식당에 가면 생선의 정체가 고등어인지 아닌지는 꼭 물어보곤 한다.

그리고 표고버섯의 향기를 싫어한다. 표고가 들어간 음식을 먹고 심한 배앓이를 한 어린 시절이 있어서 그런 것 같다. 그 후로는 냄새만 맡아도 자동으로 피하게 된다.

한의원에 가면 체질별 식사를 알려준다. 좋아하는 반찬마저 체질과 맞지 않으니 먹지 말라고 할 때 난감했다. 지킬 수 없는 처방전이었다. 고등어와 버섯처럼 내가 싫어하는 음식은 몸이 반응을 대신 해주니까 안 먹으면 된다. 마찬가지로 내 몸이 거부하지 않으면 한의사가 먹지 말라고 한 금지 음식은 먹어도 된다고 고집스레 우겨대고 있다.

멸치류와 잎채소류를 먹지 말라고 해서 한때 스스로 금지한 적이 있었는데, 지금은 해제시켜 버렸다. 인류를 몇 개의 그룹으로 나누어 확신 처방을 한다는 건 한편 무모한 일이라며 자신을 설득했다.

좋아하는 옷은 청바지였다. 몸을 적당히 조여 주는 탄탄함과 질긴 실용성이 좋았다. 옷장엔 청바지만 보일 정도다. 심지어 출장을 갈 때도 입어볼까 하여 반듯반듯 날 선 청바지를 찾아다닌 적도 많았다.

그런데 지금은 청바지가 뒤로 밀려났다. 밀린 곳에는 편해 보이는 면바지, 고무줄 바지, 발목 바지, 팔랑팔랑 나팔바지로 채워지고 있다. 공통점은, 나를 옥죄는 것들이 아니라는 점이다. 나이가 한참 든 후에도 청바지를 입고 살 것이라던 나의 예상은 세월이 만들어간 몸에 의해 보기 좋게 밀려나 버렸다.

버리기에는 아까운 청바지만 몇 벌 남기고 아름다운 가게에 죄다 보내 버렸다. 내 마음은 아니라고, 아니어야 한다고 말하지만 내 몸은, 조여 오는 바지를 밀어낼 힘이 작아졌다고 말한다. 하늘거리고 부드러운 옷감이 점점 좋아지기 시작했다.

옷은 취향의 문제가 아니라 내 몸과의 타협점이다. 옷의 진짜 주인은 몸이었다. 내가 특별히 싫어하는 옷은 치마다. 종아리가 미끈하게 보이지 않아서 내놓기가 신경 쓰여서이다. 한때 종아리가 예쁜 사람은 나의 눈에 모두 미인에 속할 정도였으니 콤플렉스라 보았다. 졸업할 때 가운을 입어야 했는데 바지가 아닌 치마를 모두 입길래 오랜만에 하나 사서 입었던 게 유일했다. 그 후 그마저 옷장에 걸려 있기만 하다가 지난여름에 아름다운 가게로 건너보냈다.

지금 내 옷장에는 치마가 단 한 장도 걸려 있지 않다. 치마가 사라지고 없는 곳에 또 하나의 아이템이 자꾸 눈에 거슬리기 시작한다. 몸에 달라붙는 상의들이 그렇다. 노력해도 어찌해볼 수 없는 등과 배의 살들을 그대로 드러나게 하는 옷들은 새로운 밉둥이들이 되어버렸다.

하나둘씩 점점 없애다가 조만간 치마처럼 깨끗이 정리할 예정이다. 몸을 옥죄는 것도 싫고, 드러나게 하는 것도 싫어지기 시작할 때가 바로 나의 중년의 시작이었을 거다. 어쩌면 나이를 못 속이는 건 몸 때문인 것 같다. 점점 나의 군더더기가 떨어져 나가며 진짜 인간이 하나둘씩 드러나는가 보다. 옷은 내 가식의 포장을 걷어내고 뭍이 드러나게 하는 썰물이자 침묵의 스승인 셈이다.

'너는 분재 아닌 진실의 사람이 돼라!'

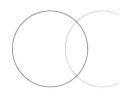# 여행은 삶에
영향을
미칠까?

●

여행이라는 단어를 떠올리면, 가보지 못한 곳이 아닌 이미 갔던 곳이 더 빨리 떠오른다. 여행은 저마다의 시간을 돌아보며 과거의 자신을 다시 만나는 시간, 앞으로 나아가며 미래의 자신을 상상하는 시간이다.

초등학교 시절에는 '소풍' 이라는 이름으로 동네에서 좀 멀리 떨어진 산으로 여행을 갔었다. 땅만 보며 걷다 보면 어느새 푸릇푸릇한 풀밭에 도착하곤 했다. 그늘을 찾아 짐이랄 것도 없는 가방을 풀어놓는다. 동그랗게 앉아 노는 수건 돌리기와 닭 다리 싸움은 해마다 고정 프로그램이었다.

출출할 때쯤 식어버린 도시락을 열어 먹느라 한동안 말 없는 시간이 흐른다. 그런 다음 전교생이 줄을 지어 앉아 각 반 장기 자랑을 펼친다. 재미있을 것도 없는데 그다음 사람은 어떤 것을 보여줄지 기대하는 즐거움이 있었다. 지금 그

곳을 다시 찾아갈 수나 있을지 모르겠다. 만날 수 없는 친구들에 대한 그리움만 더 애잔해지는 길이 될 것만 같다.

시간이 흐르면서 바뀌어버린 고향을 돌아보며, 친구들이 그립다면 그것도 여행의 한 부분이다. 그리운 마음을 가슴에 담아, 다시 한 번 떠나보는 여행이라면 어떨까? 그곳에서 만나는 사람들, 바뀐 풍경 속에서도 찾아내는 익숙함은 여행의 새로운 재미를 주리라. 이런 마음으로 찾아가 보았는데 도무지 같은 길을 찾을 수가 없었다.

결혼하고 초창기에는 아이들에게 추억을 만들어주기 위해 가족 여행을 종종 갔었다. 짐을 쌌다 풀었다 정리하느라 풍경에 감격하기보다는 아이 돌봄에 더 집중하긴 했지만, 최선을 다한 부모로 남고 싶었다. 당시에는 노동 여행이었지만, 성인이 되어버린 아이들과 함께 간다면 다시 기억을 더듬어 회상해 보며 서로의 느낌을 맞춰보는 제대로의 추억 여행이 될 것이다. 가끔 아이들이 여행 이야기를 꺼낸다. "나도 그때 갔었어? 기억에 없는데?" 부모가 저들을 데리고 여행을 다닌 곳이 많았다는 것을 좋아했다.

그렇게 아이들과 함께한 여행, 그리고 그 여행에서 얻은 경험들이 성장하는 아이들에게 어떤 영향을 미쳤을까? 그 경험들을 통해 우리 가족은 얼마나 더 끈끈하게 엮였을까? 아이들과 함께한 여행이 그들에게 어떤 추억을 주었는지, 그리고 그 추억이 좋았다면, 여행이 얼마나 소중한 시간이었는지를 쉽게 헤아릴 수 있다.

공동체가 되려면 공유하는 장소와 시간과 이야기가 있어야 한다. 진정한 사랑은 함께 있어 주는 것이듯, 어미 닭 같은 심정으로 가게 되는 것이 가족 여행이다. 누구는 '어릴 때 데리고 다니면 아무것도 모르니 커서 데리고 다니라'는 말도 하긴 하지만, 그때 그 나이 그 순간에만 나눌 수 있는 삶의 느낌은 영원히 놓치는 셈이다. 다시 옛날로 돌아간다면, 아이들을 데리고 주말마다 놀러 다니는 일만은 꼭 많이 하고 싶다. 생각보다 훨씬 빨리 아이들이 커버린다는 사실이 준 교훈이다.

여행은 그 자체로 한 편의 삶을 채우는 소중한 경험이다. 새로운 사람들을 만나고, 다양한 문화를 경험하며, 자신의 시야를 넓히는 것은 물론, 자신을 돌아보고 성장하는 데 중요한 시간이기도 하다. 그래서 여행은 단순히 즐거움을 찾아가는 것이 아니라, 세상의 크기를 더욱 확장하게 만드는 넓어짐의 여정이다.

여행이 없을 때 여행이 생각나듯, 행복하지 않을 때 행복이라는 말이 생각나는 법이다. 도덕적 세상이었으면 초등학교에서 '도덕'이라는 과목은 생기지 않았다. 돈이 없을 때 돈이 생각나는 것도 같은 이치다. 여행과 행복을 연결 지어 생각하는 것이 한편 두렵다. '행복하기 위해서 여행을 간다'는 말은 떠올리기도 싫다. 생이 끝날 때까지 행복이란 단어가 생각나지도 않게 살면 더없이 좋겠다.

가끔 행복이 간절할 때가 있다. 혹시 아직 가보지 못한 여행지에 가게 되면 행복해질까? 행복을 찾아 움직이는 것이 여행이 된 것일까? 여행은 무언가에 대한 기대를 준다. 기대란 것은 현실과 일치할 때가 별로 없다. 여행에서는 무언가를 기대하면 그만큼 손해 아닌 손해인 셈이다.

나이를 먹고서도 여행을 즐기는 것은 삶의 무한한 가능성을 탐색하는 것이다. 이 세상 어디든 갈 수 있다는 생각만으로도 흥분된다. 여행은 삶의 긍정 에너지를 채우는 소중한 기회다.

익숙한 것은 가슴을 두근거리게 하지 못한다. 평온 그 자체가 잔잔함이니까. 그런데 낯선 것은 긴장감을 주면서 뇌를 진동시킨다. 뇌가 마치 재구성 작업, 리모델링되는 것처럼. 결국 여행은 나를 자극시키는, 살려는 노력이다.

생명은 살아있기에 계속 변화한다. 나무의 사시사철을 보아도 생물의 한살이를 보아도 변한다. 그러니 여행을 사랑하는 사람은 제대로 살아있는 사람이다. 생명력 있는 삶을 위해 나의 변화를 위해 여행을 가야겠다. 나이 들수록 더, 익숙한 곳을 벗어나는 시간을 일부러 가져야겠다.

여행은 삶의 한 부분이지만, 동시에 삶 자체다. 우리는 언제나 여행 중이다. 어릴 때는 우리가 알지 못한 세상을 발견하는 걸음이고, 어른이 되면서는 자신을 발견하는 행보다. 인생 후반전은 잘 살아내야 하는 숙제가 아니라 남아 있는 여행을 누리는 즐거운 시간이라 못 박아두어야겠다.

이미 갔던 곳에 가서는 변화한 나를 느껴보고, 낯선 곳에 가서는 변화할 나를 상상하겠다. 내가 움직여간 만큼 내 생각이 확장되고 새롭게 변화되는 경험으로 충만하면 더없는 맛이 아니겠는가.

젊을 때는 먼 곳으로 길게 떠나보고, 나이가 들면 갈 수 있는 만큼의 장소로 가는 거다. 그러다 보면 지구를 넘어 그야말로 미지인 우주 너머로의 여행도 가볍게 훌쩍 떠날 수 있겠지?

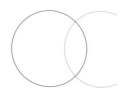

비우기 위해
채우는
방법은?

●

　대부분의 사람들이 '공부해야 한다' 라고 말한다, 좀 더 좋은 자신을 만들기 위해서라는 이유다. 이어령 선생은 이에 대해 아주 깊은 통찰을 공유하셨다. 바로 '마음을 비우면 영혼이 채워진다' 라는 것이다. 이는 아주 단순하면서도 깊은 이해를 필요로 하는 말이다.

　'마음을 비워라' 라는 말은 아주 간단하지만, 실제 실현하는 것은 쉽지 않다. '마음 챙김' 이라는 말도 그렇다. 그런데 '비움' 과 '챙김' 이라는 이 두 가지 개념이 같은 것을 가리키는 것인지, 아니면 서로 다르게 이해해야 하는 것인지에 대해 조금 더 깊이 생각해 봐야 한다.

　종종 삶과 죽음을 설명할 때 '영' 과 '육' 이라는 이원적인 개념을 사용하곤 하는데, 이어령 선생은 이를 좀 더 깊이 있게 이해할 수 있는 삼원론으로 설명하셨다. 선생께서는 "사람의 몸을 유리컵으로 생각해 보라. 어떤 것을 담으려면 그것이 비어 있어야 하고, 그 비어 있는 공간이 바로 우리의 영혼이라는 것이다. 그리고 그 공간에 물을 따르면, 그것이 우리의 마음이 되는 것이다. 뜨거운 물이면 화를 내고, 차가운 물이면 차가워지는 것이다"라고 말씀하셨다.

죽음은 우리의 육체적인 존재인 컵이 깨지는 것을 의미한다. 그렇게 되면 그동안 컵에 담겨있던 물, 즉 우리의 감정과 생각들은 사라지게 되고, 컵도 흙으로 돌아가게 된다. 그런데 컵 안의 공간, 즉 우리의 영혼은 계속 존재하게 되는 것이다. 그런 영혼을 채우기 위해서는 마음을 비워야 한다는 것이다.

선생은 이에 대한 설명을 계속하셨다.

"시인이나 화가, 종교인이 이야기하는 영혼의 세계는 영원히 존재한다. 우리가 알고 있는 세상의 시작, 태초에는 빅뱅이 있었고, 물질과 반물질이 있었다. 이 두 가지가 합쳐지면 빛이 되며, 그 빛이 창조를 이루게 되는 것이다."

니체가 신을 볼 수 있었던 것은, 고통의 극에서였다는 것을 생각해 보면, 마음을 비우기 위해, 그리고 영혼을 채우기 위해 죽는 날까지 공부해야 한다는 것이 인간에게 주어진 짐이라고 느껴질 수 있다.

먼저 채우고 나서야 비로소 비울 수 있다. 달이 차면 기울듯이, 문을 열어야 닫을 수 있듯이, 울어야 웃을 수 있듯이, 배고파야 배부름을 알듯이, 죽음 가까이 가서야 삶을 알게 되는 것이다. 이는 마치 동전의 양면과 같은 것으로, 양면 중 하나를 이해하기 위해서는 반대편을 헤아릴 수 있어야 한다.

공부하는 이유는 '마음을 비워 영혼으로 채우기 위해서' 라고 정리하기로 한다. '힘이 든 만큼 힘이 난다' 라는 마음으로, 이어령 선생의 가르침을 기억하며 공부를 계속해 나가야겠다. 공부를 통해 배우고 이해하게 되는 지식과 경험을 통해 형성되는 마음의 풍요로움을 비움으로써, 영혼의 공간을 채워나가는 과정이다. 비우기 위해 먼저 채워야 한다는 모순 아닌 모순이 있지만, '마음을 비우기 위해 공부한다' 는 말은 '비움의 기쁨을 누려보라' 는 말과 같다. 어쩌면 최고의 기쁜 순간은 비워낼 수 있는 힘을 발휘한 바로 그 순간일지 모르겠다.

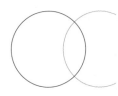

공감은 누구를 위한 태도일까?

•

공감은 우리가 타인의 감정, 의견, 주장 등을 자신도 같게 느끼는 아름다운 것이다. 이는 상호 이해와 공유의 감정이라는 점에서 매우 중요한 요소이며, 지금까지 나는 경험한 공감은 '자동으로 발생하는 따뜻한 느낌', 즉, 감정의 영역에서 가장 깊게 느껴진 것이었다.

작가 유시민은 이 시대의 공부는 "자신의 인생을 설계하고, 자신이 옳다고 믿는 방식으로 살아가는 것에 초점을 맞춰야 한다"고 말했다. 또한, 그는 "수학 점수나 영어 점수를 따는 공부가 아닌, 자신을 이해하고, 남을 이해하며, 서로 공감하면서 공존하는 인간이 되는 데 도움이 되는 공부를 해야 한다"고 주장했다. 이는 공부의 진정한 목표가 자신과 타인을 이해하고 공감하는 것임을 강조하는 말이었다.

유시민은 어떤 책이든 글쓴이와 심리적으로 거리를 두

지 말고, 글쓴이의 생각과 감정을 텍스트에 담긴 그대로 이해하는 '공감의 독서'를 권했다. 그의 말은 '책을 정확히 이해하지 않으면, 즉, 공감이 없으면 배움도 없다'는 말이었다. 이 말은 나에게 깊게 와닿았다. 책에서 얻을 수 있는 배움이 공감이라는 과정을 통해야만 이루어진다는 것을 깨닫게 해주었다.

예전에 백종원의 〈푸드 트럭〉 방송에서 어떤 요리 견습생이 백종원의 조언을 받을 때마다 "아니, 그건 그렇게 아니다"라며 변명을 했다. 백종원은 이에 화를 내며 "왜 자꾸 변명하냐? 시키는 대로 해야지"라며 견습생의 자세를 지적했다. 이 견습생은 받아들이는 노력, 즉 공감의 태도가 불충분했다. 이에 따라 상대방의 기분을 상하게 하고, 가르침의 진정성을 인지하지 못해 서운함을 주었다.

공감의 여부는 사실상 우리의 관계를 만들거나 망칠 수 있다. 때로는 관계를 유지하기 위해 본심 없는 공감을 하는 예도 있다. 그런데도, 포스팅 글에 공감을 표현하는 빨간 하트가 떠오르면, 글쓴이는 위안을 받는다. 이는 모두 공감을 원하는 욕구 때문이다. 남에게 인정받는 기분은 기분을 상쾌하게 만들어 준다. '환대받음'과 비슷한 느낌, 즉, 공감을 통해 누군가의 삶을 즐겁게 해주는 것은 매우 의미 있다.

외국에서 한국인 마을에서만 살면 외국어를 배울 수 없다는 말을 처음 들었을 때를 생각해보라. 어학연수를 가는 이유는 배울 수 있는 새로운 환경이 그곳에 있기 때문이다. 새로운 사람들을 만나는 이유도 이와 같다. '낯선 것'을 대하기 위함이다. 익숙한 곳에 머무르면 배움이 없다는 거다.

책이 어렵게 느껴지는 것 중 하나가 아직 그 책의 내용에 대해 완전히 공감하지 못했기 때문이다. 이는 심리적 거리가 생겼음을 의미한다. 낯선 것을 대하고, 그것을 완전히 이해했을 때 '배웠다!' 라고 할 수 있다.

공감의 독서처럼, 진정한 공감은 낯선 것을 받아들이는 자세가 필요하다. 공감과 이해하기 위한 노력은 다르다는 것, 너무 어려워서나 나와 상관없다고 생각해 버린 것들은 내게 배움을 주려고 찾아온 스승을 무시한 것일지도 모른다는 것, 이 모든 것을 기억해라.

공감대가 작더라도 낯선 것을 쉽게 포기하지 말고, 어떤 배움이 있는지를 심사숙고해야 한다. 이는 책 속 저자의 말을 경청하는 것과 같다.

공감을 통해 관계를 개선하고 새로운 배움을 얻을 수 있다는 사실, 공감을 하는 이유는 관계를 우선시하거나 배움을 우선시하는 차이일 뿐이다. SNS를 사용하다 보면 공감을 표현하는 아이콘을 누를 수 있도록 디자인되어 있다. '배움'이라는 아이콘도 블로그에 추가되어 같이 제공되면 좋겠다. 이는 공감과 배움을 동시에 주는 블로거에게 감사를 쉽게 표현하고 싶기 때문이다.

작가 조승연의 말이 생각난다.

"공감대가 클수록 배움은 적어진다."

즉, 공감대가 작을수록, 아니면 없을지라도 그것을 받아들이려는 자세가 필요하다. 배움이 어떤 형태로 찾아올지 모르기 때문이다. 공감되지 않는다는 이유로 무시해 버린 것들이 나의 스승이었을지도 모른다. 이를 깊이 새기며, 공감인으로서의 나를 꿈꾸어본다.

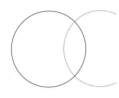

글로 마음의
여행이
가능할까?

●

나의 하루는 일과의 시작부터 끝까지, 그날의 모든 경험과 생각을 일기로 써 내려가는 것으로 이루어져 있다. 이것은 내 일상의 한 조각이다. 한때는 내 생각과 감정, 그리고 그날의 모든 경험을 블로그에 하나씩 꼼꼼히 써 내려갔다. 인터넷에 접속할 수 없는 날이 되면 블로그 작성도 잠시 중단되었고, 그에 따라 일기 작성도 잠시 멈췄다.

최근에는 키보드를 이용한 쓰기보다 펜을 이용한 쓰기 시간이 줄어들었다는 것을 깨달았다. 이는 디지털 기기의 활용이 늘어남에 따른 부작용일 수도 있다. 그래서 가끔 '펜 글씨의 삶'이 그리워지곤 했다. 키보드를 이용한 글쓰기와는 다르게, 펜을 이용한 글쓰기만의 감각이 그리웠다.

새해 첫날, 지난해의 끝자락에 미리 준비해 둔 새 다이어리를 기다리는 듯이 들어 올린다. 키보드가 놓여 있던 손 밑에 두툼한 다이어리를 두었다. 손글씨로 써 내려가는 것이 그리웠던 만큼, 하루하루의 공간이 생각처럼 잘 채워졌다. 그 과정에서 나는 생각하지 못했던 많은 감정과 마주할 수 있었다.

일기를 쓰는 방법도 점차 바뀌었다. 처음에는 하루의 시간 사용에 대한 기록이었는데, 점점 어떻게 살았는지에 대한 내용으로 채워졌다. 그 과정에서 나는 삶에 대해 성찰을 하게 되었다. 그중에서도 특히 감사하는 일에 대해 기록하면서 삶을 하나씩 정리하는 느낌을 받았다. 그날그날 하나하나의 에피소드마다 문장 끝에 '감사한다'를 추가했다.

어느 날의 메모를 살펴보니 '따뜻한 햇살이 내 방을 밝혀준 것 감사, 항상 분주하게 움직이는 바람에 잠이 부족한 것 반성, 도서관 책 반납하기' 등 10개의 감사와 2개의 반성, 그리고 6개의 기억해야 할 항목이 있었다.

기록하는 시간이 점점 흐르고 있는데, 또 하나의 변화가 있다면 '언제'라는 시계 위의 숫자가 없어진다는 점이다. 책 《완전한 공부법》에서는 일과를 꼼꼼히 적어 자기 시간에 대한 방향을 찾는 팁을 얻으라 했다.

영성과 독서의 시간이 없거나 너무 적었던 것은 꽤 중요한 발견이었다. 내면 이야기가 아니라 잡다한 일이 대부분을 차지하고 있었다. 생활을 삶으로 엮으면서 의미를 추구하는 글이 빠지면 어쩐지 공허해지고, 그만큼 정체 모를 조바심이 나를 추궁했다.

글을 쓰다 보면 내면이 살아나고 어느새 차분해지면서 나와 대화하는 재미가 있다. '오호, 내가 지금 이런 마음이구나'를 짚어주니, 내 마음을 들어주는 나의 모습이 편안해지는 것 같다. 글은 나를 돌보는 귀한 방법의 하나라고 말할 수밖에 없다.

쉴 틈 없이 움직인 어느 하루의 이름은 '산만하고 분주할 뿐' 빈 그물일 때도 있다. 열심히 살았다는 것이 '분주함' 뿐이라면 나는 차라리 게으른 삶을 사는 게 더 낫겠다는 생각이 들 때도 있다.

늘 잠을 충분히 잘 수 없는 이유는 눈이 보이는 대로 움직였기 때문일 것이다. 가끔 혹은 종종 의식적으로 눈을 감았어야 했다. 새로운 화두로 삼기 시작한 웰에이징을 위하여서도 그래야겠다고 몇 날 며칠의 일기로 써놓기도 했다.

첫 번의 글만으로도 내 습관이 변한다면 그 얼마나 멋진 일이겠냐마는 더 큰 노력과 시간이 필요했다. 숙성의 세월을 견디어야 주어지는 제대로의 맛은 호락호락하게 주어지는 것이 아니다.

자기 자신을 돌보는 시간이 있어야 자기 성장이 있는 웰에이징이 된다는 걸 알게 되었다. 수업에서 아이들이 배웠다고 말할 수 있으려면 자기 자신과 만나는 시간을 될 수 있는 대로 주어야 하듯 나에게도 그런 시간을 애써 베풀어야겠다. 자기 자신을 돌보는 시간을 통해 나는 제대로 성장할 수 있을 것이다.

글은 나눌 수 있어서 참 좋다. 다른 사람들이 어떻게 세상을 보는지 알 수 있게 되는 건 참 흥미로운 일이다. 그림으로 이야기를 펼치는 것도 마찬가지다. 그림에 달린 댓글들을 보면서 서로의 생각을 나눠보는 건 어떨까?

또, 대화를 통해서도 만난다. 하브루타 방식의 대화를 통해, 서로의 이야기를 나누고, 다른 사람들이 어떻게 세상을 보는지 경험해 볼 수 있다. 그 과정을 통해 더 깊이 이해하게 되고, 다양한 관점을 넓혀나갈 수 있다. 몸으로 표현해

보는 것도 재미있을 거다. 몸이 느끼는 것에 귀를 기울여 보는 건 어떨까? 또한, 눈을 감고 생각해 보는 시간을 가져보는 것도 좋다. 그렇게 하면 자신만의 생각을 더 깊게 파고들고, 독특한 생각을 발굴하는 경험을 할 수 있다.

2014년 7월 17일부터 감사 일기를 쓰기 시작했다. '먼저 감사 일기를 쓰고, 그 과정을 통해 어떤 감정과 생각을 느끼는지 체험한 후, 이 경험을 다른 사람들과 공유하자' 는 생각으로 시작했다.

10년이 흐른 지금, 꾸준히 감사의 마음을 가지고 사는 것이 세월을 이겨내는 방법임을 깨달았다. 나의 일일 삼면 좌우명은 '범사에 기뻐하자(현재)', '범사에 기도하자(내일)', '범사에 감사하자(과거)' 이다. 더 무엇이 필요한가.

하버드대학의 탈벤 샤하르 교수는 "엔도르핀은 암 치료와 통증 해소 효과가 있다. 다이돌핀은 엔도르핀보다 4천 배 효과가 있다. 감사할 때, 감동할 때 솟아난다. 이것은 강력한 항암 효과를 낸다" 라고 말했다.

손글씨로 감사 메모를 작성하는 습관은 항상 잘 지켜지지는 않는다는 걸 알고 있다. 그래도 키보드에 익숙해진 우리처럼, 하루하루 메모를 펜으로 쓰는 습관도 점차 익숙해질 것이라고 믿는다. 종이로 작성한 감사 일기를 읽을 때마다, 그 촉감이 따스한 감사의 마음을 더 느끼게 해준다. 그것은 마치 복리를 받는 기분이다. '지금 그리고 여기'의 순간을 펜으로 기록하는 감사는 먼 훗날 나에게 어떤 모습으로 다가올까? 기대된다. 아마도 두둑한 정서통장이 아닐까.

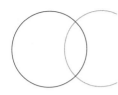

내면에
따뜻한 바람을
일으키는 법?

●

매년 새해가 되면, 내가 속한 팀과 함께 멋진 연구를 시작하는 꿈을 꾼다. 하지만 팀원 중 한 명이라도 '바쁜데' 혹은 '편히 살았으면' 이라는 말을 하면 즉각 접어 버린다. 남을 너무 의식하여 발목 잡히고 추진력 약한 것도 문제다.

항상 마음속에 희망하는 것은 능동적이고 열정적인 사람들과 함께하고 싶다는 것이다. 좋은 팀원을 원하는 것이 나의 편파적 의식일 수도 있다는 생각이 들어 조금 부끄럽기도 하다. 항상 스스로에게 '언제까지 남 탓을 할 것인가?' 라며 잔소리한다.

어머니의 긍정적인 자세 덕분에 어려움을 극복한 경험이 두 번 있다. 하나는 운전면허 시험을 보러 가는 날 해주신 "할 수 있다. 왜 못하니!"라는 말씀이었다. 그 한마디에 격정은 가라앉고, 용기가 생겼다. 필기와 실기 모두 합격했다.

또 하나는 첫 아이를 출산할 때 해주신 말씀이다.

"다른 여자들도 다 해낸 일이다. 너도 할 수 있다."

그 말을 들으니, 왠지 해낼 수 있겠다는 생각이 들었다. 그전까지는 두려움만 가득했지만, 뭔가 변화가 느껴졌다. 어머니의 '하면 된다' 라는 짧은 한마디는 큰 힘이다. 성경과 책, 강연들도 내 생각을 변화시키는 긍정적인 자료들이다. 부정적인 생각이 크게 다가왔을 때, 긍정에 초점을 맞추려다 보면 생각이 정말 바뀐다.

팀원들이 바쁘다고, 편하게 살자고 했을 때 "세상 모든 사람들이 다 바쁘다." "힘든 만큼 힘이 난다" 라는 말 한마디라도 했더라면 어땠을까? 고민하고 궁리한 끝에 제안한 것을 몰라준다는 점도 섭섭함으로 여기지 말고, '명약은 쓰다' 라는 생각으로 격려했더라면 어땠을까? 부정을 긍정으로 바꾸는 순간적인 판단은 삶의 방향을 결정한다. 두 가지 길 중에서 선택하지 못한 길에 대한 후회가 줄어드는 일이기도 하다. 상황은 같지만 다르게 해석하는, 그것도 긍정적으로 해석하는 힘은 누구에게나 필요하다.

긍정적으로 보면 좋은 것을 끄집어낼 수 있다. 부정적인 나에게 긍정이라는 뒷면은 선물이다. 긍정적인 태도 중에서 가장 마음에 드는 것은 '끊임없이 나를 준비시키자' 라는 마인드다. 세상의 흐름을 알고, 세상과 연결되기 위해 배움을 지속한다. 누구와도 소통할 수 있는 사람이 되고 싶음이다.

첫째, 책, 강연, 자연, 모든 것을 새로운 시각과 호기심으로 관찰하려고 노력한다. 생각을 깊게 하고, 성숙한 삶을 살고 싶어서 글을 쓴다. 시간이 지나면 기억나지 않는 삶을 일기에 기록하고 있다. 박세리의 세 줄 일기와 천지인 방식을 혼용해서 쓴다.

둘째, 세 줄 일기란 그날 못한 일, 잘한 일, 내일 할 일을 쓰는 방식이다. 못한 일을 쓸 때 가끔 마음이 아프다. 이 부분을 확장하면 감정 일기까지 나아갈 수 있다. 이순신 장군의 《난중일기》를 읽으면서 슬픈 감정이 빠져들었던 적이 있다. 그때, 장군의 진심이 내 안에 들어왔다.

노트 쓰기 전도사 한동대 이재영 교수의 방법은 '손으로 천천히 써라. 일정 분량을 매일 써라. 이순신처럼 써라' 였다. 이순신 장군의 천지인 방식은 날씨와 나의 발전을 위해 했던 일, 그날 한 일 등을 쓰는 것인데, 아마 전쟁의 장수라서 날씨에 민감하셨던 것 같다. 기후 위기 때문에 여전히 날씨를 기록해 두겠다. 일기를 블로그에 쓰기도 하고 펜으로 쓰기도 한다. 꾸준함을 위해 같은 방법이 주는 지루함을 견디기 위해서다. 생각이 더 정리되기도 하고 누구나 볼 수 있는 일기였으면 하는 마음으로 쓴다.

마지막으로, 나 자신을 사랑하는 프로젝트로 긍정 체화가 있다. 좋은 습관 루틴이다. 새벽 기도, 아침 기도, 낮 기도, 밤 기도 등 묵상하는 시간이 중심이다. 살면서 유연함을 잊지 않으려고, '살면 말랑하고 죽으면 딱딱하다' 라는 말을 책상 위에 붙여놨다. 미안한 태도, 간단한 결정, 공감하는 대화, 따스한 말투, 미소 등이 자연스러울 수만 있다면, 긍정적 삶은 덤으로 드러날 것이다. 어제보다 오늘 조금 소소하게 성장하여도 충분히 만족이다.

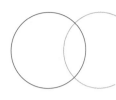

은퇴 후의
여정을
상상해 본다면?

행복이 부족할 때 우리는 행복을 꿈꾸게 된다. 희망이란 절망 속일 때 기다리는 빛이다. 희망은 생존의 의미를 담고 있다. 은퇴가 가까워지면서, '희망' 이라는 단어에 대해 더욱 생각하게 되었다. 명퇴에 대한 고민이 많아서다. 수명 연장, 자녀들의 미래, 인구 감소의 문제, 연금 개혁 등 다양한 이슈들이 걱정 속에서 희망 찾기를 하게 만든 단어들이다. 은퇴 후의 시간을 준비하고, 적극적으로 나아가야 했다. 일을 계속하는 것이 희망을 찾는 길로 보였다.

노후에는 따뜻한 분위기 속에서 글을 써 내려가고 싶다. 깊이 있는 생각을 품으며, 인생을 되돌아보는 시간을 가지고 싶다. 은퇴를 앞두고 보니, 지금까지의 인생 이야기들을 잘 엮어놓으면 충분히 쓸 말이 많았다. 내 삶을 위해, 이런 나를 기다리며 살아가야겠다. 글쓰기는 삶을 채워주는 여러 이유로 필요하다.

글쓰기는 생각을 정리하고 표현하는 좋은 방법이다. 많은 생각과 감정을 가지고 있을 때, 이를 잘 정리하고 나 자신에게 먼저 전달해야 한다. 내면의 세계를 탐구하고, 생각이 명확하게 표현되면 가끔 스릴이 느껴진다.

글쓰기는 창의력을 발전시키는 데도 도움을 준다. 글을 쓰다 보면, 새로운 아이디어를 생각하게 되고, 다양한 관점을 탐구하며, 상상력이 나온다. 이는 문제 해결과 혁신에 중요한 역할을 한다.

글쓰기는 감정을 표현하고, 풀어주는 도구이기도 하다. 어려움을 겪거나 스트레스를 받을 때, 감정을 글로 표현하면 큰 도움이 된다. 글쓰기는 기억을 기록하고, 성장과 배움의 과정을 담는 역할을 한다. 경험을 통해 배우고 성장하는 과정을 글로 남기면, 나중에 참고하거나, 자신의 성장을 돌아볼 수 있다. 그래서, 삶에 필요한 도구로서 글쓰기를 지속적으로 활용하고 싶다.

코치도 되고 싶다. 사람들의 관계가 행복과 불행을 결정한다는 것을 보며, 상담 공부를 시작했다. 상담은 과거의 상처를 치유하는 지혜를 주고, 코칭은 미래를 개척하는 힘을 준다는 것을 체험했다. 좋은 코치가 되면 행복하겠다는 생각이 들었다. 라이프 코치는 다양한 측면에서 도움이 필요한 많은 사람을 돕는 역할이다. 자기계발을 추구하고 싶지만, 목표 설정이나 계획 세우는 방법을 모르는 사람들에게 도움을 줄 수 있다.

감정 코칭 강사가 되어, 관계 회복도 돕고 싶다. 전문 강사가 되어 알고 있는 것을 잘 전달하고 싶다. 그 이상의 무언가를 전달할 수 있을 것 같다.

감정 코칭은 감정을 인식하고 이해하는 데 도움을 준다. 회복탄력성 기술을 가르치며, 부정적인 감정을 다루고, 긍정적인 감정을 유지하고 향상시키는 도움을 주고 싶다. 자기 인식을 통해 강점과 약점을 파악하고, 개인이 성장하고 발전할 수 있게 돕는 역할을 하고 싶다.

현재 지구는 병들었고, 기후 위기는 심각하며, 전쟁이 끝나지 않고, 인구 절벽에 식량난, 자원난, 해일, 화재, 사고, 폭력과 범죄 등 이루 헤아릴 수조차 없이 많은 문제가 계속되고 있다. 지옥처럼 보이는 이 상황 속에서도, 희망은 필요하다. 나 자신부터 희망을 향해 나아가야, 어둠 속에서도 빛을 찾을 수 있을 것이다. 꿈을 가지고, 주변을 작게나마 희망으로 물들이고 싶다. 나 하나가 변하면 세상이 변할 것이라고 믿는다.

사람과 사람 사이의 연결이 느슨해진 시대, 사람들이 상호작용하고 서로 돕는 것이 더욱 중요해지고 있다. 연결을 실천하는 자로 존재하면 좋겠다.

바르게 살면 기쁠까?

●

하루 500번을 감사했더니 일이 잘 풀렸다는 글을 읽었다. 순간적으로 재미있겠다 싶었고 500번이라는 숫자 채우기 마법에 걸려 "감사합니다!"를 실제로 해봤다.

이렇게 쉽고 단순한 말임에도 불구하고 입이 꼬이는 것을 종종 느꼈다.

그래서 중간부터는 "고마워!"로 바꿔서 놀이 겸 500번을 채우는 중얼거림을 해봤다. 두 글자인데도 '탱큐, 땡큐, 댕스, 땡크……' 난리였다. 세다가 자꾸 엉킨 것까지 치면 500번은 진작 넘게 한 것 같다.

4번 말할 때마다 한 개씩 넘기면 되는 125개의 알이 달린 목걸이가 생각났다. 묵주를 한 개씩 돌리듯이 세면 되겠다고 생각했다. 오래전, 인도에 갔을 때 프로그램을 마치는 날 리더께서 직접 만들었다며 108개의 알로 만든 목걸이를 걸어주시며 축하해주던 것이 옷장을 열어보니 잘 걸려 있었다. 마치 오늘의 필요를 미리 대비한 것 같았다.

목걸이를 활용하여 아침에 500번을 읊조린 후 집을 나섰다. 거짓말처럼 손대는 일마다 잘 풀렸다. 연말정산 결과 크게 환급받게 됨, 오랜만에 만났는데 참 반가웠던 분, 결재할 때 적립금 혜택은 특별 덤, 촉감 좋은 파자마 구매 등 대박이었다.'

이런 게 운수 대통인가? 모든 일이 물 흐르듯 술술 기분 좋게 풀리네! 정말이었던 것이었다. 500번의 감사, 그 결과를 생생하게 보다니! 영수증 출력하듯 뽑히다니!'

속담에 이런 말이 있다.

"행복은 언제나 감사라는 문으로 들어와선 불평이라는 문으로 나가버린다."

그런데도 일단은 내 목소리는 조각도가 되어 내 삶에 나타날 '감사'를 미리 새긴 것이라는 믿음도 생겼다.

오감으로 들어오는 현상의 해석은 일차로 몸 감각으로 체킹된다. 그것을 마음, 즉 감사의 렌즈로 들여다본다면 어떻게 될까? 내 맘대로 내키는 대로 논리라 우겨보지만 매우 그럴싸하다.

연말정산을 할 때 환급금이 많다는 것은 많은 지출이 있었던 해이므로 사실은 감사가 아니라 불평으로 해석할 수도 있다. 오랜만에 만나는 사람들이라 해서 누구나 다 반가울 수만도 없다. 형식적인 과도한 인사 체면일 수도 있고.

그리고 큰 금액을 결제한다는 것은 엄격한 큰 지출이며 적립금은 유인책에 넘어감에 불과한 일이기도 하다. 촉감 좋은 파자마는 그동안 질 낮은 파자마를 입었다는 것이 깨달아지는 속상한 순간이라고 말할 수도 있는 일이다.

세상만사는 두 가지 이름표 중 하나임을 보여준다. 감사가 없을 때 불평의 이름표가 붙고 불평이 없을 때 감사의 이름표만 남는다. 감사의 마음을 먹느냐 마느냐에 따른 내 마음의 판결이 곧 내 삶의 즐거움을 결정한다.

행복은 즐거움이다. 즐거움은 감사다. 감사는 선택이다. 선택은 몸이다. 몸은 훈련이다. 훈련은 단련이다. 단련은 반복이다. 반복은 새김이다. 새김량이 곧 행복량이다.

감사와 신체 변화와의 관계에 대한 연구가 있다. 감사하면, 사랑과 열정을 느끼게 하는 좌뇌측의 전전두피질이 활성화되어 스트레스를 완화, 행복하게 해 주는데, 이를 '리셋(Reset)' 효과라 부른다. 세상만사가 어떻게 돌아가든, 말미에

'감사'라는 키워드 하나 밀어 넣으면 모든 일은 잘 풀렸다고 믿게 되는 꼴이 아닐까 싶다.

이런 쏠쏠한 체험을 이어서 하루 일지에 훈련 계획을 추가해 보았다. "사랑합니다!"로, "미안합니다"로, "용서하세요"로, "고맙습니다"로 훈련해보고 싶어서다.

고된 훈련이 있어야 행복이라는 문이 열린다. 훈련 없이 편하게 오는 행복은 애초에 바라지도 말아야겠다. 감사 습관, 기도 습관, 기쁨 습관, 축복 습관이 물어다 줄 행복을 미리 상상한다.

얼굴이 살아온 세월을 말해준다면, '입술에서 나오는 말'은 내 발자국을 그려나가는 붓이라 하겠다. 험한 말을 자주 하는 사람들은 몸자세부터 다르다. 몸의 자세에서도 몸 주인의 인생관이 어느 정도 읽힌다.

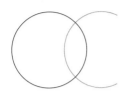

'바이런 윈'의 조언을 어떻게 사용할까?

●

미국의 투자가였다는 '바이런 윈'이라는 사람을 잘 모르나, 그의 말에 마음이 끌렸다. 그 중 '잠'과 '은퇴'는 내 큰 번뇌들이기도 해서 더 관심이 갔다.

세상에 영향 미칠 '큰 생각 하나'를 찾아라 ————

누구나 서로 함께 잘 살아야 한다는 생각이 들게 하는 말이었다. 잘 사는 것, 잘 살게 하는 것, 잘 살도록 돕는 것은 큰 생각이라 할 것이다. 영향의 크기는 비록 작을지라도 할 수만 있다면 나 혼자만 잘 사는 길 말고 함께 잘 사는 길로 걸어보겠다. 많은 이를 아는 게 운을 늘리는 데 최고다. 아는 만큼 보이고 누리고 얻는 것이기 때문이다. 어느 구름에 비가 들어 있을지는 아무도 모르는 법이니까, 사람이 모이는 곳에 가는 것을 두려워하지 말 것이며 소극적이지도 말자.

처음 만난 사람을 오랜 친구처럼 대하라 ────

사랑과 긍휼의 마음은 상대방의 가슴에 전해지기 때문이라 할 것이다. 조상의 조상으로 거듭 올라가면 태초의 인류, 그 한 명의 후손이니 딱히 완벽한 남이라고도 볼 순 없다.

항상 읽되, 자기 관점이 맞는지 확인하라 ────

나 혼자 옳다던 나의 관점을 뒤집어 주는 책, 말, 대화가 있다. 나의 관점이 맞는지 확인하지 않으면 엉터리로 살아갈 것이니, 귀를 열어 남의 말을 경청함은 결국 나를 위한 일이다.

60세까지 하루 7시간 충분히 자라 ────

현재보다 딱 2배 자야 하겠다는 계산이 나왔다. 언젠가는 잠을 잘 자기 위해서 명퇴해야겠다는 생각이 들 정도로 항상 잠이 부족한 편이라 걱정이다. '하루 7시간을 조금씩 나눠서 합산하면 되냐'는 질문에 '그렇지 않다'는 답을 들은 적도 있다. 연달아서 7시간이 중요하다고 한다. 7시간 자는 것을 줄여서 얻는 것이 무엇인지 사실은 잘 모르겠다. 만약에 7시간을 충분히 잘 자면서 이때까지 왔었다면, 아마도 좀 더 영양가 있는 삶을 꾸려 왔을지도 모르겠다는 생각이 든다. 잠을 덜 자면서 열심히 사는 사람들의 이야기만 듣다가 요새는 잠을 잘 잔 사람들의 이야기들이 더 많이 들린다. 참 안타깝게도 7시간을 못 채운 지 오래여서 어떻게 고칠 수나 있겠는지 모르겠지만 길게 자도록 노력하겠다.

인생은 점차 진화한다고 생각하라

주방 가구들도 눈부시게 진화한다. 나무도 낙엽을 흘려보내지만, 그것 또한 진화하는 것이라고 우겨본다. 인간의 일생이 퇴화해서 죽음으로 사라지는 것이 아니라, 늙어가는 것이 곧 진화의 과정이라고, 죽음이 곧 다른 세계로 떠나는 진화의 과정이라고 상상하니, 더 인생이 고독해지는 듯하다. 혼자서 조용히 흘러가야만 한다고 생각하니 그렇다.

널리 여행하여 흥미로운 이들을 만나라

처음에는 패키지 여행을 다니곤 했다. 외국에 대한 두려움이 큰 탓이었다. 그다음에는 자유 여행을 다니고 있다. 물론 친구들이 함께 하긴 한다. 이제는 패키지든 자유 여행이든 가리지 않으려고 한다. 기회가 되면 훌훌 떠날 수 있는 마음이 생겼다. 경치만 쫓지 말고, 사람들의 삶, 이왕이면 사람들을 만나는 여행을 하고 싶다.

그 사람의 '17세 이전 경험' 을 파악하라 ──────

주변 환경의 영향을 가장 많이, 길게 받는 시기라서 그 당시의 경험을 돌아보라는 말 같다. 아마 그 당시에 자극받은 힘으로 지금의 나를 이끌어 오고 있을 것이다.

고통을 덜어주는 자선 활동에 동참하라 ──────

쓰디쓴 삶도 그들 앞에 서면 감사함으로 둔갑할 가능성이 커서 그렇게 말한 것 같다. 결국 자선 활동은 남과 자신을 동시에 구제하는 구체적인 방법이다.

자기 업적 과장하지 않는 시기를 당겨라 ──────

남 아닌 자신의 평가에서 언제든 새 삶을 시작하기이다. 삶에 대한 알아차림이라고 해둔다. 눈에 보여지는 헛된 것을 추구하느라 내면의 침된 것을 잃어버리는 삶이 아니

274

어야겠다.

도와준 이에게 감사하는 시간을 가져라 ─────────

상대가 오감으로 느낄 수 있게 감사함을 표현해야겠다. 생각보다 감사하다는 말을 자주 하지 못했던 지난날이었다. 이제부터라도 진심으로, 구체적으로 감사의 표현을 하며 살아보겠다.

신세를 진 이에게 감사의 손편지를 써라 ─────────

아무래도 말보다는 글로 쓸 때 마음이 투영되는 진정성을 담게 되는 것 같다. 썼다가 지우고 다시 쓰고, 감사에 따른 감사가 다시 몽글몽글 올라오는 그 느낌 상태에서 꾹꾹 눌러가며 쓴다면 진정한 감사가 전해진다고 믿는다.

연초에 '일을 더 잘할 새 방식'을 찾아라 ─────────

창의성 발휘야말로 인간의 살맛이다. 연초에 주로 연 계획을 세우게 되는데, 이때 같은 내용일지라도 작년과 다른 방식으로 실천해보려는 노력도 재미있겠다.

힘든 길이 늘 옳으니, 절대 지름길을 찾지 말라 ─────

'만 번 반복하고 수고하는 노력'을 말함일 것이다. 재주를 타고난 사람은 그리 많지 않아 보인다. 하지만 남모르게 반복하고 노력하는, 남들 눈에 보이지 않는 그 무엇인가를 하다 보면 아마도 그 일 자체가 주는 황홀감이 있을 것 같다는 생각이 든다. 지름길에서는 결코 볼 수 없는 틈새 틈새의 미묘한 전율들 같은 것 말이다. 방대한 지식을 갖는 것이 좋겠다는 생각을 한 적이 있었다. 그래야 다양한 사람들과 소통이 될 것 같아서다. 한 가지의 목표 또는 내용만을 꾸준히 수십 년 추구하며 살았다면 그 길만이 주는 쾌감을 알게 되었을 텐데, 그렇지 못하여 조금 아쉽다.

경쟁 상대들과 차별화하려고 노력하라 ─────

요행을 바라지 말고, 다름을 추구하는 것이 좋긴 하지만 다름을 추구하는 것 자체가 그리 호락호락하지는 않다. 그야말로 진정한 창의력이 필요하니까. 내가 하려고 하는 거의 모든 일은 이미 남들이 다 하는 일들뿐이라서 종종 자존감이 내려가나 보다. 서점에 가면 엄청난 책들이 저마다의 독창성을 뽐내는 바람에 눈이 부시다. 하지만 그곳에 나의

276

책은 없다. 도대체 나만의 독창성은 무엇일까.

높은 연봉보다 '가장 즐길 일'을 찾아라 ─────────

돈은 다스리는 것이지 목표가 아니다. 그런데 생존권이 간당간당하게 힘들다 보면 아마도 높은 연봉에 눈이 가도 틀린 길은 아닐 것이다. 하지만 어느 정도의 여유를 쌓았다면, 가장 즐길 일은 아마도 은퇴 후에나 생기는 게 아닐까 한다. 젊을 때는 멋모르고 열심히 근로하고, 나이 들면, 정말 하고 싶은 일을 시작하는 것이다. 가지 치기가 잘 되어 어쩌면 정말 하고 싶었던 일을 찾게 되지 않을까 하는 기대를 해본다. 그런 것을 할 수 있다면 그야말로 새로운 인생이다.

젊은이의 멘토가 되면 많은 것을 배운다 ─────────

가장 좋은 것으로 멘트할 것이고, 내 귀도 그 멘트를 함께 청강하니까 이렇게 말한 것 아닐까? 한때는 후배들에게 남길, 나눌 거리를 마련하기 위하여 뭔가를 열심히 수집했던 때가 있었다. 가진 것이 풍족해야 더 많은 젊은이의 멘토가 될 수 있지 싶었다. 그런데 지금 와서 생각하니 나만의 장르에서 묵묵히 갈고 닦는 일이 필요했단 생각이다. 그 많던

젊은 시절, 1에서 100급까지 오름이 있다면 적어도 99까지 만이라도 도달해 보지 못한 게 후회된다. 후회는 새 삶을 꿈 꾸게 하니 용서하겠다.

매년 새로운 뭔가를 찾아 시도하라 ————

익숙한 것에서 벗어나야 지루함에 미치지 않는 법이고 새로운 것을 해야, 새로운 '나'가 될 것이다. 번데기에서 나 비로 부활하듯, 자꾸자꾸 허물을 벗으면서 어제의 나보다 새로운 나가 되어가고 있는지 살피며 남은 생을 살고 싶다.

은퇴하지 말라 ————

영원히 일하면 영원히 산다. 은퇴해도 또 다른 일로 색 다른 삶을 살 궁리를 한다. 쉴 생각은 저 멀리 보내버리고 일 과 함께 살 마음만 일단 먹으면 답은 찾게 될 것이다. 일하는 만큼이 딱 살고 있는 것의 크기라고 들린다. 앞으로 점점 일 이 작아짐에 따라 나의 삶도 점점 작아질 것이다. 마지막에 하나의 점이 되어 끝나도 괜찮다. 진정한 은퇴니까.

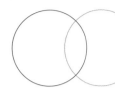

어째서
이미
행복할 수 있는가?

●

탈벤 샤하르 교수의 '7가지 행복:운동, 감사, 음식, 친구, 칭찬, 배움, 재미' 라는 옷을 슬쩍 마음에 걸쳐 보았다.

자신의 인간적 속성을 인정하랬다. 두려움, 슬픔, 불안 같은 감정을 자연스러운 것으로 받아들일 때 그런 감정을 극복할 가능성이 높다면서.

누군가로 인하여 나는 곧잘 슬플 때가 있다. 잘못을 알면서도 모르는 채 넘어가는 내가 한편 한심하기도 하다. 아니 분노에 가깝다. 저주가 올라올 때도 있었다. 이제 멈추고 싶다. 세상에는 나보다 더한 처지인 사람들이 삶을 용서하며 견디며 살아가고 있을 테니까. 무엇보다 예수의 용서를 믿으면서, 정작 나는 용서가 안 되는 삶을 살고 있으니, 가히 이중적이다. 아니, 예수의 가르침을 실천하지 않으면 크리스천이 아니다. 나됨을 돌아보다가 그 길 끝에서 만나게 되는 것은 잃어버린 주님과의 관계였다.

의미 있고 즐거운 활동에 참여하라고 했다. 한두 시간에 걸친 의미 있고 즐거운 경험은 하루나 1주일의 삶의 질에 영향을 미칠 수 있다.

생각하기를 멈추고 싶다. 그 생각이란 것의 내용이 비관적이고 분노스럽고 슬프기 때문에 멈추어야 한다. 대신 몸과 마음이 일치되는 활동을 해야 한다. 어떤 것이 있을까? 매일 할 수 있는 것은 독서일 것 같다. 독서가 내 생각을 멈추게 한 적이 많고, 심지어 다른 방향으로 안내하는 일도 많기 때문이다. 닫힌 눈을 열어 줄 때 얼마나 기뻤던지. 행복이란 주체적으로 삶을 디자인하고 실현화하는 것에 있다는 말로 샤하르 교수의 행복을 해석해 본다. 몸으로 매일 실천하는 것을 다시 다잡게 되어 감사하다.

행복은 마음의 상태에 달려 있다. 컵에서 물이 채워지지 않은 부분에 초점을 맞추는가, 아니면 물이 채워진 부분에 초점을 맞추는가?

행복은 환경이 아니라 마음의 상태이다. 아무리 환경이 갖추어졌어도 마음을 갖추지 못하면 채울 길이 없기 때문이다. 예전, 인도네시아 팔루시에 몰아닥친 쓰나미와 지진을 떠올려본다. 한순간에 액상화 현상으로 무너져버린 집, 그리고 그 속에 머물던 사람들의 슬픔을 기억해야 한다. 나보다 더 큰 아픔과 슬픔 앞에 서면 그 얼마나 나의 것은 작아지는지를 알게 되니까.

국경없는의사회가 활약하는 모습을 기억하겠다. 나도 어서 봉사 활동하는 기회가 있으면 동참할 수 있는 일을 준비해야 한다. 자신을 돌아보라는 말이 수없이 들렸다. 그런데, 거기엔 답이 없고 끝없는 자체 양산 과제만 쌓여가곤 했다. 나를 위하여 살려고 하지 않는 것, 나의 처지를 돌아보며 나르시시즘에 빠지지 않는 것이 마음의 상태를 건전하게 하는 일일 것이다.

세상의 중심은 나가 아니라 신의 비전이 되어야 하는 것이 나에겐 바로 힘이다. 나를 향한 연민은 죽음과 같은 삶을 살게 할 뿐이었다. 우물 속에 있으면 내 세상은 온통 물 같은 슬픔뿐이다. 우물 밖의 하늘을 쳐다보아야 한다. 내 어두운 마음의 상태를 벗어나는 것은 더 큰 남들의 슬픔을 바라보는 것과 하늘을 바라보며 신께 '신이 원하시는 내 삶'을 질문하는 것으로 바꾸는 일이겠다.

단순화하라고 했다. 사람들은 점점 더 짧은 시간에 점점 더 많은 활동을 하려고 애쓰는 데 급급하느라 행복을 유보하곤 한다. 단순화하는 것이 내가 바라는 삶이기도 하다. 하루를 어떻게 단순화해 볼까?

요즘은 스스로 생산해 낸 활동이 점점 증가하는 느낌이다. 그것을 완료하려고 하루를 빈틈없이 재촉할 때가 있다. 점점 활동이 많아지면 나의 삶을 살아낼 시간이 줄어든다는 말과 같다. 내가 정말 살고 싶은 시간이 아니라 내일을 준비하는 시간을 중심에 놓고 있다. 이는 현재 행복할 수 있는 시간을 버리는 것이다. 정말 올인하여 살아가야 하는 삶은 오늘의 일상 속에서 내 마음이 이끄는 곳으로 가보는 일이다.

몸과 마음이 이어져 있음을 명심하라고 했다. 규칙적인 운동, 적절한 수면, 유익한 식습관 등은 육체적, 정신적 건강으로 이어진다. 울적한 마음을 일으킬 수 있는 또 하나의 방법은 음식과 운동이다. 건강한 식습관을 이미 시작하게 되었으니 그 생활을 유지하는 것만 하면 된다. 필라테스를 끝내고 나서 운동을 멈춘 나를 스스로 챙겨야만 한다.

하루를 열심히 산다면 밤 수면도 잘 누릴 수 있다고 생각했다. 웬걸, 낮에 하다 남은 과제가 밤까지 이어져 웃지 못할 피로감이 되어 버렸다.

하루의 계획을 좀 더 가지치기하고, 비트 스무디 등 건강한 음식과 30분 간헐적 달리기로 마음을 일으켜 세우는 일을 다시 시작해야겠다. 의미 있고 가치 있는 일이라고 해서 너무 많은 계획을 세운다는 것은 번아웃의 길로 가는 욕심의 또 다른 가면이다. 몸과 마음이 이어져 있다는 것을 기억하는 것이 중요한 포인트다. 몸이 힘들면 뭔가의 일을 줄이고, 맘이 힘들면 뭔가의 집착을 깨닫는 것이다.

감사의 뜻을 표현하라고 했다. 살면서 맞이하는 멋진 대상, 사람이나 음식, 자연이나 미소 같은 것에 감사하고 그것의 진가를 음미하라. 누구로부터 어떤 은혜를 받은 것도 물론 감사의 뜻을 표시해야겠지만 내가 만나는 직장, 미소, 자연에 순간순간 감사를 표현하는 제스처를 놓치지 말아야겠다. 감사한다는 것은 내가 살아있음에 대한 감사를 포함하므로 더욱 그렇다. 불평과 불만족이 내게 찾아오는 순간이 행복을 잃어버리는 순간임을 자각할 수 있어야겠다. 주위를 둘러보면 맨몸으로 온 내게 주어진 사람과 물건이 그 얼마나 많고 많은가. 백만장자급이다.

행복의 가장 중요한 원천은 옆에 앉아 있는 사람일지 모른다. 그런 사람들에게 감사하고, 그들과 함께 보내는 시간을 음미하라고 했다.

내 옆에 앉아 있는 사람을 나도모르게 소홀하게 대하고 있음을 알아차렸다. 미움이 들면 더욱 고뇌해야겠다. 그들 덕분이라고 말하는 순간이 모여 내 삶이 행복했다고 말하게 될 것이다. 나와 함께 하는 사람들은 나를 돕기 위하여 신이 보내신 천사님들이라고 생각하는 것이다. 때론 나쁜 사람도 오지만 나쁜 사람이 온다는 것은 내가 자각해야 할 그 무엇이 있다는 의미로 생각하여야겠다.

샤하르 교수의 갈파를 따라가다 보니 나는 이미 행복할 수 있는 사람임을 알게 된다. 삶이 무척 감사하니 이대로 백만장자다.

자신을 가르치는 것은 간단하면서도 복잡하지만, 자신에게 만족감을 줄 가능성이 높습니다. 그러나 다른 사람들을 설득하려고 할 때는 어려움이 따릅니다. 초창기 수업은 겉핥기처럼 느껴질 수 있지만, 시간이 지나면 그 의미가 자신의 삶과 연결됩니다. 단순히 가르치는 시간이 아니라, 학생들과 나누는 소중한 삶이 되어갑니다.

세상의 중심은 '나'라고 말합니다. 자신을 돌보는 시간이 필요했습니다. 내 삶이 좋아지는 이유는 돌봄 때문입니다. 나에 대한 인식이 따뜻해질수록, 그만큼 세상을 대할 수 있습니다. 나를 보는 시선의 크기만큼 남이 보입니다. 그래서 나를 돌보는 작업으로 책 쓰기를 선택했습니다. 많은 생각을 만나 새 결심과 뒤늦은 반성이 일어났습니다.

글을 쓰다 보면 생각이 이어져 나옵니다. 제대로 살고 싶다는 생각이 결론이 되면 힘이 솟아나고, 성장한 느낌을 받습니다. 학습은 내 안에서 반복적으로 공부하고 희망을 찾는 과정입니다. 성장의 기쁨을 위한 방법입니다.

삶에서 만나는 다양한 사람들과 현상들은 수업의 재료가 됩니다. 재료를 들여다보며 질문을 던지면서, 대답을 찾으면서 생각을 유지합니다. 이것은 삶의 조각들을 잡아 완성을 지향하는 시간입니다. 필요한 이야기를 찾아 듣는 것은 외로운 일만은 아닙니다.

깊이는 그리 중요하지 않습니다. 언젠가 깊게 이해할 수 있는 그날을 기대하며 살아가는 것도 괜찮습니다. 학문하는 것은 자체로 가치가 있습니다. 궁금증을 통해 자유를 얻을 수 있기 때문에 고귀합니다. 나의 이야기는 학문은 아니지만, 자유를 느끼게 해주기 때문에 나름 이론입니다.

생각이 떠오를 때마다 '앎' 을 발견하는 기쁨을 느꼈습니다. 불명확할 때는 자유롭지 못하지만, 명확해지면 자유로워집니다. 생각의 깊이는 건수마다 다르지만, 이 작업은 내가 한 칸 더 높이 볼 수 있게 만듭니다. 삶에서 배운 것을 이후의 삶에 적용하려는 마음으로 썼습니다. 그렇게 하면 한 칸 더 나아갈 수 있을 것입니다.

자유의 또 다른 이름은 자립입니다. 자신에게 필요한 것을 다른 사람에게 의존하지 않고, 자기 힘으로 얻는 능력을 계발하는 것입니다. 나는 아직 완전히 자립하고 있지 못합니다. 내 감각과 사고를 조절하고 통제하지 못하기 때문입니다. 세상의 모든 것을 알 수는 없습니다. 나의 용량만큼 살 수 있는 만큼만 배울 수 있다면 충분합니다. 자신을 가르치는 것은 자립의 한 형태입니다. 다른 사람이 가르친 것에서 한발 더 나아갈 수 있다면 말입니다. 자립한 사람들의 이야기를 거울삼아 나의 이야기를 요리조리 맞춰 보며 나를 돌아봅니다. 마음 자세가 좀 더 유연해졌습니다. 글쓰기가 준 여유입니다.

고도원은 《혼이 담긴 시선으로》라는 책에서 이렇게 말했습니다.

"무언가에 깊이 빠져드는 경험은 어릴 때부터 해보는 것이 좋다. 팽이치기의 달인이 된 아이는 공도 잘 찰 수 있고, 성장하면서 자기 일을 개척할 때도 큰 자산이 된다. 집중한다는 것은 곧 혼을 담는 것이다. 단 한 발 한 발 쏠 때마다 단 한 발밖에 없다고 생각하고 집중해서 쏠 때 손끝에도 혼이 담기게 된다. 그렇게 한 발 한 발 혼이 담긴 시선으로 집중해서 쏘다 보면 나중에는 눈을 감고 쏴도 백발백중 명사수가 된다."

'스몰 스텝' 이라는 말을 나는 좋아합니다. 아직 완벽하게 자유로워지지는 못했지만 조금씩 계속 노력할 것입니다. 한 언덕 한 언덕을 넘어가는 사람들은 멈추지 않을 것입니다. 언덕에 오르는 재미 그리고 보이는 눈높이가 다른 삶들을 만나는 맛을 아니까요. 글쓰기는 쉽지 않았습니다. 바다에서 산소통을 짊어지고 잠수할 때 물 안으로 들어가는 순간도 쉽지 않습니다. 하지만 일단 들어가면 새로운 세상을 보게 됩니다. 글쓰기도 마찬가지입니다. 글 쓰겠다는 마음을 먹기까지가 어려울 뿐입니다.

물속의 깊은 바다가 두렵기도 하여 용감하기가 어렵지만, 언덕 오르기가 어렵지만, 한 깊이 들어가 보면, 한 언덕을 넘어가 보면 '들어갈 만하고 넘을 만하다' 는 생각이 들기 시작합니다. 생각이 떠오르면 글을 써보세요. 쓰기를 시작하면 그때부터 생각은 가지를 뻗으며 영감이라는 열매가 떠오릅니다. 생각이 나서 쓰는 것이 아니라, 쓰다 보면 잠들어 있던 생각이 나옵니다.

책 쓰기를 두려워하는 사람에게 이 책이 '운디드 힐러' 가 되면 좋겠습니다.

당신이 생각한 마음까지도 담아 내겠습니다!!

책은 특별한 사람만이 쓰고 만들어 내는 것이 아닙니다.
원하는 책은 기획에서 원고 작성, 편집은 물론,
표지 디자인까지 전문가의 손길을 거쳐
완벽하게 만들어 드립니다.
마음 가득 책 한 권 만드는 일이 꿈이었다면
그 꿈에 과감히 도전하십시오!

업무에 필요한 성공적인 비즈니스뿐만 아니라 성공적인 사업을 하기 위한 자기계발, 동기부여, 자서전적인 책까지도 함께 기획하여 만들어 드립니다. 함께 길을 만들어 성공적인 삶을 한 걸음 앞당기십시오!

도서출판 모아북스에서는 책 만드는 일에 대한 고민을 해결해 드립니다!

모아북스에서 책을 만들면 아주 좋은 점이란?

1. 전국 서점과 인터넷 서점을 동시에 직거래하기 때문에 책이 출간되자마자 온라인, 오프라인 상에 책이 동시에 배포되며 수십 년 노하우를 지닌 전문적인 영업마케팅 담당자에 의해 판매부수가 늘고 책이 판매되는 만큼의 저자에게 인세를 지급해 드립니다.

2. 책을 만드는 전문 출판사로 한 권의 책을 만들어도 부끄럽지 않게 최선을 다하며 전국 서점에 베스트셀러, 스테디셀러로 꾸준히 자리하는 책이 많은 출판사로 널리 알려져 있으며, 분야별 전문적인 시스템을 갖추고 있기 때문에 원하는 시간에 원하는 책을 한 치의 오차 없이 만들어 드립니다.

기업홍보용 도서, 개인회고록, 자서전, 정치에세이, 경제 · 경영 · 인문 · 건강도서

모아북스 MOABOOKS **문의 0505-627-9784**

내 글도 책이 될까요?

이해사 지음 | 320쪽 | 15,000원
(2021 우수출판컨텐츠 선정작)

걷다 느끼다 쓰다

이해사 지음 | 364쪽 | 15,000원

누구나 쉽게 작가가 될 수 있다

신성권 지음 | 284쪽 | 15,000원

독한 시간

최보기 지음 | 248쪽 | 13,800원

독서로 말하라

노충덕 지음 | 240쪽 | 14,000원

베스트셀러 절대로 읽지 마라

김욱 지음 | 288쪽 | 13,500원

책 속의 향기가 운명을 바꾼다

다이애나 홍 지음 | 260쪽 | 12,000원

한번쯤은 내맘대로

김선아 지음 | 160쪽 | 13,000원
(2020 오디오북 제작 지원 선정작)

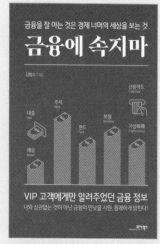

금융에 속지마

김명수 지음 | 280쪽 | 17,000원

미래예보

정호준 지음 | 280쪽 | 20,000원

4차 산업혁명의 패러다임

장성철 지음 | 248쪽 | 15,000원

DNA 헬스케어 4.0

김희태·허성민 지음 | 260쪽 | 17,000원
메멘토 모리, 죽음을 기억하고

최고의 칭찬

이창우 지음 | 276쪽 | 15,000원

감사, 감사의 습관이
기적을 만든다

정상교 지음 | 246쪽 | 13,000원

스피치의 재발견 벗겨봐

김병석 지음 | 256쪽 | 16,000원

성공 그리고 성공자

장성철 지음 | 272쪽 | 17,000원

다시, '나'의 삶으로

| 초판 **1쇄** 인쇄 | 2024년 10월 10일 |
| **2쇄** 발행 | 2024년 10월 28일 |

지은이	송수진
발행인	이용길
발행처	**모아북스** MOABOOKS

총괄	정윤상
디자인	이룸
관리	양성인
홍보	김선아

출판등록번호	제 10-1857호
등록일자	1999. 11. 15
등록된 곳	경기도 고양시 일산동구 호수로(백석동) 358-25 동문타워 2차 519호
대표 전화	0505-627-9784
팩스	031-902-5236
홈페이지	www.moabooks.com
이메일	moabooks@hanmail.net
ISBN	979-11-5849-249-6 03810